손의 왕관

* 이 도서의 국립중앙도서관 출판예정도서목록(CIP)은 서지정보유통지원시스템(http://seoji.nl.go.kr) 홈페이지와 국가자료공동목록시스템(http://www.nl.go.kr/kolisnet)에서 이용하실 수 있습니다. (CIP제어번호: CIP2020001120)

손의 왕관

김다은 장편소설

은행나무

주막의 벽에 붙어 있던, 그것은

하루의 마지막 빛 줄기가 사랑채로 부드럽게 스며들었다.

벽에서 천장까지 글자로 통도배가 된 방은 빛의 조화를 따라 날쌘 들짐승 털 위에서 꿈틀거리는 무늬처럼 살아 움직였다. 박 영감은 벽의 긴 등뼈에 펼쳐진 글자가 아름다워 눈을 뗄 수가 없었다. 이 벽지들을 그때 전부 불태워버렸다면 어땠을까. 종이가 아까워서 일부 남겼다고 말하곤 했지만, 이렇게 사사로이 쓰려고 했던 것은 아니었다. 그 정도의 욕심으로 관가의 명령을 어겼다면 큰 부를 착복했을 것이다.

병인년에 대동강에 출현한 상선(商船)은 돛을 세 개나 높이 단 어마어마한 크기의 배였다. 애초에 전투함으로 구축되었던 배는 물건을 사고파는 상선으로 용도가 바뀌었다 해도 위협적일 수밖에 없었다. 더구나 이 땅을 밟는 외지인은 무조건 죽이라는 '쇄국'을 하던 때라 관은 입항을 허하지 않았다. 평양성의 공식 의사를 무시하고 배는 대동강 쑥섬까지 들어왔다. 무력충돌이 불가피했다. 조선 병사가 인질로 잡히거나 죽었다. 분노한 평양 시민들과 군사들이 썰물로 모래톱에 발이 묶여 옴 짝달싹 못하는 배를 공격했다. 하얀 꼬부랑글자가 박힌 배는 검은 연기를 뿜으며 타들어갔다. 승선자들은 물에 뛰어들 수밖에 없었다. 물로 나올 수밖에 없었던 그들은 물에 발을 디디는 대로 모조리 생포됐다.

외지에서 온 것은 무엇이든지 위험했던 시절이었다. 육지에 도달한 것은 검은 눈이건 파란 눈이건 짐승처럼 잡아서 끌고 갔다. 책들만 아름 안고 내린 상황판단 못하는 어리석은 서양 선비도 있었다. 철저하게 외인들을 막을 때니까…… 다 죽일 수밖에 없었다. 마지막 참수자(斬首者)가 책을 든 양인이었다. 그도 백사장에서 칼날 아래 무릎을 꿇고 있었다. 여러 명이 빙 둘러서서 지켜보고 있었는데, 참형에 처하려는 순간에도 춘식에게 자꾸만 책을 내밀었다. 춘식이 그의 목을 쳤다.

"어르신! 어르신!"

최치량의 목소리에 박 영감은 아득한 기억 속에서 빠져나와 고개를 들었다. 며칠 보이지 않더니 또다시 찾아왔다. 처음 몇 번은 가볍게 거절했다. 그런데 그는 포기를 모르고 자꾸만 찾아와서 이 집을 팔라고 졸라댔다. 마을 입구의 삼거리여서 나그네나 행객이 많이 지나다니고, 특히 바깥채가 여느 집에 비해 서너 배가 넓으니 주막에 딱 맞는다 했다. 지난번에는 워낙 심하게 면박을 주어 보냈기에 마침내 포기한 줄 알았다. 박 영감이 방 안에서 기척을 하지 않자, 최치량은 들으라는 듯 더 크게 외친다.

"어르신 안에 계시지요?"

외인이 뿌린 빨간 표지의 책을 수거한다는 공고가 붙은 것은 그로부터 얼마 지나지 않아서였다. 평양성에서 그 책들을 수거한 사람이 박 영 감이었다. 당시 영문주사였던 그는 그 책의 정체가 몹시도 궁금했다. 내용을 알 때까지만 보관하자 마음먹은 것이 오늘에 이른 것이다. 그는 비밀리에 글눈이 밝은 이들을 불러들였다. 수수께끼라 했다. 서양 글도 아니고 한문책인데 뜻을 알 수가 없다 했다. 읽을 수는 있어도 의미를 알 수 없다고들 했다. 시(詩)일 것이라고 가까스로 의견이 좁혀졌을 뿐 이었다.

평양성의 직무에서 떠날 때쯤 시대가 바뀌었다. 시집 정도로 꼬투리 잡힐 우려가 없어서 은퇴할 때 가지고 나와 이 집을 지으면서 벽지로 사 용했다. 책이 위험하다 했지만 정작 위험했던 것은 그의 호기심이었다. 사시사철 서 있어도, 앉아 있어도, 이리 누워도, 저리 누워도 그 글자들 이 보였다. 한 마디 비명도 없이 스러져가던 사람의 유언 같기도 하고, 누군가를 간절히 부르는 이름 같기도 했다.

그러던 어느 날, 어릴 적부터 글 읽기를 즐기던 벗이 멀리서 와서 하 룻밤 머물다 간 일이 있었다. 마주 앉아 막걸리 잔을 기울이던 그는 벽 지에서 의인(義人)이라는 글자를 짚으며 재미 삼아 뜻을 헤아려보겠노 라 했다. 친구는 의(義)자를 羊(양 양)과 我(나 아)로, 다시 我를 手(손 수)와 戈(창 과)로 파자(破字)하더니, 고개를 갸웃거렸다. "글자로 보면 손에 든 창으로 양을 잡아 나의 머리 위에 들어 올린 형상이네. 그러니 의인이란 양의 피를 온몸에 뒤집어쓴 사람이라는 뜻이네." 더 정확한 설명을 내놓지 못하는 것이 무안했던지, 그는 빈 잔을 머리 위 로 올려 술을 뒤집어쓰는 시늉을 하며 껄껄댔다.

"어르신! 방으로 들어가겠습니다."

빨강 책을 수거할 당시, 책 세 권을 들고 온 소년이 있었다. 삼촌을 따라 강가에 갔다가 주워 온 것들이었다. 지금 방문을 열고 들어서는 이가 당시 그 소년이었다. 그가 들고 온 책들도 이 벽에 몇 장 붙어 있을지도 몰랐다. 하필이면 그가 술을 파는 주막을 하겠다고 나서니 박영감은 벗의 파자와 연결되나 싶어 놀라운 것이다. 무조건 들이대던 최치랑도 오늘은 박 영감이 시선을 둔 벽을 함께 바라볼 뿐 말없이 앉아 있었다. 드디어 최치랑 쪽으로 천천히 고개를 돌린 박 영감의 눈가에는 실없는 물기가 잡혀 있었다. 막 바른 문풍지로 스며드는 마지막햇살에 그것이 은처럼 빛났다. 순간 떠밀리듯 일어난 박 영감이 반닫이에서 무엇을 가지고 왔다.

"한 가지 약속만 해주게. 자네가 이 집을 소유하는 한, 이 글자 벽지를 끝까지 보존하겠다고. 근동에 주막이 없으니 길손들이 많이 붐빌게야. 먹물이라도 오시는 날엔 꼭 이 글을 물어봐주게나. 내가 가야 할 날도 그리 많이 남지 않았으니…… 참으로 궁금하지만 나는 이제 어찌해 볼 도리가 없네."

"여부가 있겠습니까! 암요!"

박 영감이 쇠고집을 단숨에 꺾은 것이 놀라울 따름이었다. 돈을 더 얹어주어서도 아니었고, 간사한 말로 꾀어서도 아니었고, 솜씨 있는 자가 흥정을 도와주어서도 아니었다. 무슨 조화가 일어나 이렇게 순순히 집문서를 넘겨주려나 싶어 최치랑은 어리둥절해졌다. 큰절을 넙죽하고 황급히 집문서를 받아들었다. 최치랑은 멀지 않은 뒷날 찰랑찰랑 술잔들이 오가고 사방에서 온 나그네들이 묵고 갈 주막의 벽지를 홀린 듯 바라보았다.

1부

네가 가서
아무리 말해도

당나귀의 뒷발질

창으로 흘러들어온 투명한 바람 때문이었을 것이다. 맞은편 회벽에 촘촘하게 붙은 종이들이 파르르 떨리다가 가라앉곤 한다. 종이 위의 생각들이 가볍거나 무겁거나 함께 떨다가 잔잔해지곤 한다. 설레는 사랑보다 배신에 미쳐버린 인생 후기가, BTS의 노래보다 '니 꼬라지를 알라'는 소크라테스의 철학이, 야심찬 꿈보다 무산된 꿈의 배설물이 더 많은 이유는 이곳을 찾는 손님들의 특성 때문이다. 간혹 2차를 하거나 밤늦게 헤매다가 갈 데가 없는 자들이 와서 남긴 낙서들이다. 본격 영업은 아직 시작되지 않아 카운터는 비어 있고 주방도 단 한 명의 손님에게 관심을 보이지 않는다. 이곳에 발을 들이면 사방 벽들과 천장에 저절로 시선을 뺏기기에 출입문을 유심히 보는 것은 처음이다. 출입문에까지 저렇게 낙서가 있었던가.

네가 가서 아무리 말해도 못 알아들을 것이다.

너는 가서 그냥 그놈들 귀를 막아버리고 눈을 봉해버려라.

막무가내로 당돌하고 뻔뻔한 글귀를 보자 폭소가 뿜어져나온다. 말이 통하지 않는 군상을 마주한 한 인간의 처절한 절규 같았다. 자존심 강한 백수나 환영받지 못한 삼류 예술가가 세상을 향해 분통을 터뜨린 글귀이리라. 사람들을 이해시켜보겠다는 의지를 추호도 남기지 않은 단호함에 두 문장은 비범해졌다. 듣지 못하는 자들의 귀를 막아버리고 보지 못하는 자들의 눈을 봉해버리라고 소리치는 자의 사악하지만 강한 내적 힘이 느껴진다. 네가 가서…… 너는 가서……, 시적인 리듬을 사용한 것도. 그때 왈칵, 출입문을 열고 검은 선글라스가 들어섰다.

눈빛을 선글라스로 가린 제작국장은 실내를 휘감은 종이 천국을 보고 놀라고 있을 것이다. 뒤따라 들어온, 벙거지를 쓴 카메라 감독도 내부 풍경에 어리둥절해져 아직 나를 발견하지 못한다. 내가 공들여 정한 장소를 그들이 어떻게 반길지 몰라 나는 기다린다. 여느 사람들은 예술가 부류들이 드나드는 이곳을 잘 알지 못한다. 지나치게 시달리며 과로하는 방송국 친구들에게 이런 정서적인 장소를 알려주고 싶었다. 거대한 물고기의 비늘처럼 촘촘하게 붙은 종이들을 힐끗거리며 쳐다보던 국장이 카메라 감독에게 건네는 말이 들려온다.

"여기가 아닌가벼."

내가 알 수 없는 이유로 그들은 박장대소한다. 비로소 나를 발견한 국장이 손을 내밀며 다가온다. 볼 때마다 손을 내미는 습관 때문에 하루에 세 번 악수한 적도 있다. 드럼통을 개조해서 만든 둥근 양철 테이블을 사이에 두고 세 사람이 앉으니, 삼발이 같다. 그들은 이 집 입구를 찾지 못해서 골목길을 여러 번 왔다갔다 헤맸단다. 실내 분위기가 독특하다며 카메라 감독의 얼굴에 순진한 미소가 번진다. 천장에서부터 흘러내린 백색 한지들이 흔들리는 것을 지켜보던 국장의 얼굴에는 피식 비웃음이 지나간다. 때가 찌든 회벽을 배경으로 붉은 알전구 빛 아래의 그의 표정은 매우 그로테스크하다.

"난파선을 삼킨 고래 내장 같은데……."

선글라스를 벗은 국장의 눈빛이 오늘따라 더 날카롭다. 주문 받으라고 소리치는 목소리도 날이 서 있다. 주방에서 여자가 얼굴을 느릿하게 내민다. 건조하게 뭘 먹겠느냐고 묻는다. 안면이 있는 술집 주인은 보이지 않는다.

"차기작이 이 술집의 역사와 관련이 있나?"

국장의 입에서 역사라는 단어를 듣다니. 역시 그는 직감이 빠르다. 흔들리던 내 눈빛이 바로잡히는 느낌이다. 작품의 주인공 이름을 입에 올리려는데 갑자기 기억이 감감하다. 차……차령……? 최근에 내 이름보다 더 자주 떠올린 이름이었다. 당황해서 헛웃음이 나온다. 조금 긴장한 탓일 거다. 국장은 내가 일부러 입을 열지 않는다고 여겼는지 언짢은 기색을 띤다. 그리고 차기작이 아닌 전작으로 방향을 돌려 묻는다.

"자네, 〈연인의 게임〉이 왜 성공했다고 생각하나?"

뭔가가 빗나가고 있다. 왜냐니? 변절이나 다름없는 질문이다. 전작의 성공은 나의 상상력과 재능 덕분이라고 대놓고 말한 사람이 국장이었다. 스텝들 앞에서 어깨까지 두드리며 나를 치켜세운 사람도 국장이었다. 변덕이 죽 끓듯 하는 상사가 아니었기에 더 당황스럽다.

"게임의 속성을 드라마에 도입한 덕분이죠."

"결국, 자네가 이겼다는 소리군. 나폴레옹이 정상에 올라서 했다는 말 몰라?"

서늘해진 내 눈에 카메라 감독은 둥글고 맑은 눈으로 응대한다. 이곳을 찾아 헤매면서, 국장과 아재 개그를 했다고 털어놓는다. 나폴레옹이 정상에 올라가서 부하들에게 "이곳이 아닌가벼" 하고 내려간 뒤 다른 산의 정상에 올라가서 "아까 거긴가벼"라고 말했다는 것이다. 국장이 이곳에 들어오면서 내뱉었던 말의 뜻을 이해하고 나는 폭소를 터뜨렸다. 그런데…… 전작의 성공이 완전한 성공이 아니라는 뜻으로 들려 웃던 입이 저절로 다물어진다. 더구나 국장은 나를 얕잡아 보는 태도를 보인다. 이전에 나를 치켜세우며 정성을 들이던 모습은 온데간데없다. 내 미진한 대답에 카메라 감독이 변호 조로 덧붙인다.

"드라마가 성공한 것은 국장님의 매의 눈 덕분이죠. 강 작가를 알아봤으니……. 최수진 작가가 좀 안됐기는 하지만."

"나도 처음에는 최 작가에게 기대했지. 게임의 요소를 드라마에 넣는다기에 기대를 잔뜩 했거든. 보조 작가까지 붙여주었는데, 게임적인 재미도 없고 들고 온 글이 형편없더라고. 참신한 아이디어를 가지고 다시 써보라고 했더니, 그 알량한 자존심에 당분간 글을 쓰지 않겠다는 둥 허세를 부리더니 아예 잠수를 타더라고!"

국장과 최 작가는 오랫동안 같이 일했다고 들었다. 케미가 잘 맞는 관계라고 소문이 날 정도였으니 국장의 이런 반응은 의외였다.

"최 작가가 잠수타고 나서 책상에 멍하니 앉아 있는 자네가 보였지.

내가 불렀지. 최 작가와도 서로 연락이 닿지 않는다더군. 얘기 끝에 도대체 게임의 중요한 요소가 뭐냐고 지나가는 말로 물었지."

나도 생생히 기억이 난다. 메인 작가가 방송국에 나타나지 않는 이상, 보조 작가는 짐을 싸서 방송국을 나갈 수밖에 없었다. 더구나 방송국에 첫발을 내디뎠던 나는 다른 작가와 연고가 없었다. 나의 방송국 '잠입' 시도는 실패로 끝날 것처럼 보였다. 나는 그의 처분을 기다릴 수밖에 없었다.

"자네가 말하지 않았나. '게임은 무조건 이기는 겁니다.'"

그 순간을 잊지 않고 있다. 내 대답을 들은 국장의 눈에서 마름모꼴의 노란 액체가 꿈틀했었다. 동시에 내 귀에 속삭이는 정체 모를 소리가 들렸다. 기회를 놓치지 마라! 나는 국장에게 보여줄 것이 있다며 따로 써놓았던 〈연애의 게임〉의 트리트먼트(줄거리)를 꺼내 들었다. 국장은 앉은 자리에서 훑었고, 벌떡 일어나 두툼한 손을 내밀었다. 보조 작가를 붙여줄 테니 대본을 빠르게 완성하라고 권했다. 일사천리로 일이 진행되었다. 내 첫 작품은 대박을 터뜨렸다. 국장은 이런 나의 공로를 잊어버리고 이렇게 수작을 부린다. 새 계약을 앞둔 밀당이 분명했다. 내가 말이 없자, 국장은 심사가 뒤틀린 표정으로 팽팽해진다. 이런 경우에 나는 비켜 가는 방법을 조금 안다.

> 즐겁게 도망치는 당나귀들처럼 뒷발질이나 한번 하라
> 돈을 좇는 혁명은 하지 말고 돈을 깡그리 비웃는 혁명을 하라

로렌스의 〈제대로 된 혁명〉! 내가 사람들에게 시 쓴다고 말하던 시

절에 격렬하게 사랑했던 시였다. 난처할 때마다 방패로 쓰던 시이기도
했다. 이 시를 읊으면 이상하게도 사람들은 나를 함부로 대하지 못했
다. 단어들이 주는 지적 냄새 혹은 선동성 때문이거나 뒷발길질을 당
하고 싶지 않았기 때문일 것이다. 때로 존경의 눈빛을 보내오기도 했
다. 그런데 여느 때와 달리 이 두 구절 때문에 분위기가 순식간에 싸해
져버렸다. 국장의 기분이 달라지는 것이 불빛 아래서도 보였다. 그 순
간 어쩌면 악마나 어떤 특별한 존재가 우리를 건드렸는지 모른다.

"돈을 비웃느라고 이런 곳에서 술을 마시나? 이곳은 돈에게 비웃음
을 당하는 자들이 와서 술을 먹는 곳 같은데."

국장은 내 즐거움의 장소를 누추하고 보잘것없는 곳으로 폄하했다.
게다가 근엄한 표정과 체면을 단숨에 벗어던져버리고 트집 잡는 상사
로 돌변했다. 스스럼이 없이 대하던 친구가 다시 범접할 수 없는 위치
로 되돌아가버린 것을 그제야 알아챘다. 국장의 모욕적인 언사에 내
안에 가라앉아 있던 시구들이 격동하여 입 밖으로 터져나온다.

노동자 계급을 위한 혁명도 하지 마라
우리 모두가 자력으로 괜찮은 귀족이 되는 그런 혁명을 하라
즐겁게 도망치는 당나귀처럼 뒷발질이나 한번 하라

상황이 악화되고 있음을 감지하면서도 진정할 수가 없었다. 나에게
항상 즐거움을 선사했던 시가 순식간에 재앙을 불러왔다. 국장은 자력
으로 괜찮은 귀족이 되는 혁명이 무엇이냐고 물었다. 나는 스스로 즐
기면서 일하는 것이라고 대꾸했다. 국장은 내 말을 제대로 이해하지

못해 내가 자력으로 이번 작품에 성공했으니 당신의 도움은 없었다는 식으로 해석을 해댔다. 조금 컸다고 주인에게 뒷발길질하는 당나귀로 나를 몰아세웠다. 그의 이해도는 그렇다 치고, 그의 말투는 은근한 멸시를 내비쳤다. 그러나 이 장소가 그의 격에 맞지 않는다 해도 나를 이렇게 대접할 순 없었다. 불쾌감을 애써 감추며 로렌스의 시가 적힌 쪽을 일러주었다. 벽을 바라보던 국장은 벽지 위에 깨알같이 적힌 연인들의 사랑 고백과 철학적인 인용들을 향해, 침을 확 뱉듯 소리쳤다.

"술맛 떨어지게 저 잡다한 글들이 다 뭐야. 아예 벽에다가 성경책이나 온통 발라버리지."

모욕을 당한 것이 분명했다. 내가 초대한 장소도, 내가 암송한 시도, 사람들이 남기고 간 많은 생각의 단편들도 모욕당했다. 혁명을 하려면 소름 끼치게 심각하게 하지 말라고 했는데, 나는 점점 표정이 굳어져 심각해졌다. 국장의 카리스마 넘치는 입가에서 상스러운 트림이 흘러나왔다. 더러운 감정이 울컥 치솟았다. 아무리 높은 자리에 앉아 있다 해도 나를 모욕할 권리는 없다. 분노가 나를 일으키려는 순간이었다. 문가에서 수동 씨가 걸어오는 것이 보였다. 폭발하려던 감정이 끄덕끄덕 이쪽으로 다가오고 있는 아랫사람을 보자 일순간 정지된다.

"국장님이 취하셔서 이 술집 벽에 성경을 바르자고 하시던 중이야."

무심한 인사가 서로 끝났을 때, 나는 완전히 가라앉지 않은 불쾌감으로 상황을 요약했다.

"국장님이 취해서 그런 말씀 하실 분이 아닌데……요."

잠깐 정적이 감돌았다. 그의 즉각적인 대꾸는 처음이었다. 최 작가가 잠수를 탄 후에 수동 씨는 내 보조 작가로 일했다. 그는 최 작가 밑에서 탄탄하게 단련된 부분이 있었으나 아이디어는 참신하지 않았다. 수동 씨는 이름 그대로 수동적인 사람이었다. 자기 의견도 없고 곰같이 미련한 보조 작가였다. 의견을 물어도 네네 만으로 응수했다. 술집 분위기 탓이리라. 그는 국장과 카메라 감독과는 스스럼없이 이야기를 주고받을 뿐 아니라, 국장의 비위를 맞추려고 입에 발린 말까지 내뱉는다.

"성경을 술집에 바르는 이야기 괜찮겠는데요."

나는 그런 소재로 무슨 대중적인 드라마를 쓰겠냐며 속으로 한심해하다가 지나치게 나서는 그를 견제하려고 건성으로 제안했다.

"성경 구절을 제대로 한 줄이라도 쓸 수 있는 사람 있으면 저 벽에 적어보시지요."

수동 씨가 주섬주섬 가방에서 볼펜을 꺼낸다. 궁금증이 담긴 눈초리들이 회벽으로 다가가는 수동 씨를 따라간다. 빈틈없이 빼곡한 낙서들 사이에서 어렵게 여백을 찾더니 작정하고 써내려간다. 여태 그가 보여주었던 수동성과 지금의 적극성 사이의 간극이 당혹스럽다. 그의 수동성은 나에 대한 불신 때문이었을까. 수동 씨는 자연스럽게 상황을 주도하고 있다. 나는 그가 어떤 성경 구절을 저렇게 길게 적나 싶어 기다린다. 수동 씨가 제자리로 돌아오자, 카메라 감독이 안경을 벗고 눈을 벽에 가까이 가져다 댄다. 우리에게 소리 높여 읽어준다.

이 술집을 성경으로 도배하면?

1. 사람들이 불편해하며 오지 않는다.

2. 성경을 무시하려고 의도적으로 술을 더 많이 마신다.

3. 주(酒)님의 영향으로 술을 마셔도 취하지 않는다.

4. 술집이 교회가 된다.

5. 아무런 영향도 받지 않는다.

풀어헤친 넥타이가 돌아가고, 앞자리에 반찬을 쏟아 탁자를 더럽힌 국장이 갑자기 껄껄 웃는다. 국장은 수동 씨에게 다시 술을 권하면서 말한다.

"기질로 보면 이 사람이 진짜 예술가야!"

수동 씨는 내 말은 무시하고 국장의 말에 복종한 셈이다. 이 자리는 나의 차기작에 대한 상의를 위한 것이다. 그런데 수동 씨는 모임의 본질을 계속 흐려놓고 있다. 전작이 진행될 때는 나의 보조 작가였던 수동 씨는 이제 방송국 짬밥 수로 내 우위를 점하려 하고 있다. 수동 씨가 세 사람을 향해 천연덕스럽게 묻는다.

"골라보세요. 어떤 것에 동그라미를 치시겠어요?"

카메라 감독이 먼저 대답을 했다.

"이곳에 성경이 온통 발렸다고 생각하면 술맛이 없어질 것 같아. 나는 1번. 불편해서 오지 않는다에 한 표."

한 사람이 대답하자 수동 씨는 더 신이 났다.

"국장님은요?"

"나는 4번!"

국장이 뱉어내자마자 세 사람의 눈이 동시에 치켜떠졌다.

"성경은 전 인류가 읽는 스테디셀러에 베스트셀러잖아. 자네 말처럼 제대로 된 혁명이 들어 있을지도 모르지. 나는 4번, 술집이 교회가 된다."

감독과 수동 씨가 폭소를 터뜨리는 동안 나는 음흉한 국장을 쳐다보았다. 술맛 떨어뜨리는 낙서들 대신에 성경이나 바르라고 조소하던 국장은 그새 변심해버렸다. 내가 읊은 시에 대한 의도적인 반격이었다. 수동 씨가 덧붙였다.

"영국 BBC 라디오의 프로그램 중에 〈무인도 디스크〉가 있는데요. 수십 년째 진행자가 초대 손님에게 무인도에 어떤 음악을 가지고 가고 싶은지를 묻고 그 음악을 들려주는 프로그램이에요. 그런데 그 후에 꼭 무인도에 가지고 가고 싶은 책 하나를 고르라고 묻거든요. 가장 많은 대답이 무엇이었는지 아세요?"

"성경이었겠지."

"맞습니다. 그런데 성경은 무인도에 가지고 갈 수 없는 금서였어요. 무슨 이유일까요?"

"글쎄, 종교적인 힘을 빌리지 않고 살아가보라는 뜻인가?"

"너무나 많은 사람이 성서를 꼽기 때문에, 성서는 기본으로 섬에 미리 두고 다른 것을 선택하게 했대요."

"자네는 무슨 책을 가져갈 텐가?"

"음악을 한 곡 더 가져가게 해달라고 애원해야죠."

"작가들은 고약해. 다른 사람 글은 읽지 않으면서 자기 글이 최고인 줄 알거든."

국장은 기분이 좋아져 수동 씨를 나무라는 척한다.

"제 글이 최고라고 느꼈으면 보조 작가로 세월을 탕진했겠습니까. 저는 잘 버틴 죄밖에 없는데……."

국장과 수동 씨의 대화를 끊으며 나는 물었다.

"수동 씨는 저 벽에 쓴 퀴즈의 대답이 뭐라고 생각하나?"

약을 먹은 듯 이상하리만큼 쾌활한 수동 씨가 스스럼없이 대꾸한다.

"2번, 성경을 모독하려고 더 많이 모여들 것 같아요. 그 술집이 대박이 터질 것 같거든요."

나는 의젓하게 반박한다.

"세 분의 선택은 긍정적이든지 부정적이든지 모두 성경의 힘을 믿는다는 뜻이잖아요. 저는 5번. 아무런 변화도 일어나지 않는다."

세 사람이 한패처럼 동시에 내 쪽으로 시선을 모았다. 자기 의견을 내놓은 적이 별로 없던 카메라 감독이 뜻밖에도 이의를 단다.

"성경과 낙서가 다른 것쯤은 강 작가도 알잖아."

"그렇긴 해도 저는 안 믿어요. 제 대답은 5번. 아무런 영향도 받지 않는다."

흰 모시 적삼에 턱에 염소수염이 공허하게 매달린 주인이 다가온다. 내 손님들임을 알아채고 인사를 건넨다. 국장이 너스레를 떨며 사장에게 말을 건다.

"이 술집 벽과 천장에 온통 성경을 바르면 어떻게 될 것 같소? 사장님도 번호를 선택해보시구려."

특별한 손님의 편을 들 필요가 없다는 듯 주인은 나른하게 웃을 뿐이다. 국장은 포기하지 않고 씩씩거리며 재촉을 거듭한다.

"사장님, 이 술집에 성경을 한번 도배해봅시다."

"벽에 붙어 있는 손님들의 마음을 팔 수 없어서 안 되겠는데요."

사장은 서비스로 마른안주를 한 접시 가져오게 했다. 수동 씨는 술집의 역사에 대해 캐묻는다. 내가 이 술집에 관한 드라마를 구상하고 있다고 여기고 수동 씨가 선수를 칠 모양이다.

"제 차기작은 이 술집 이야기는 아닙니다. 술 때문에 나라가 뒤집어지는 역사물이지만요."

"그래서 아까 혁명 어쩌고 했구먼."

."그런 혁명은 아니지만……"

"드라마에도 혁명이 필요하대! 방송국에 또 다른 국장이 발령을 받고 온다는 거야. 드라마에 새로운 바람을 위해서라는데, 국장이 왜 두 사람이나 필요해? 돈 버는 혁명을 하지 말라고? 그러면 지고 말 거야. 돈 버는 혁명을 해야 해! 아, 새로 오는 국장이…… 지독한 크리스천이라니 골치 아프게 생겼어!"

국장이 트집을 잡고 시비를 건 이유가 이 때문이었다. 긴 세월 방송국에 몸을 담고 있는 카메라 감독이나 수동 씨는 이미 상황을 파악하고 있었다. 비로소 내가 올라간 정상이 정상이 아닌 이유가 이해되었다. 본래 최수진이 구상했던 드라마는 24부작으로 대작이었다. 최 작가의 대본이 무너지자 촉박한 시간 안에 해결책을 찾아야 했고, 내가 구원타자가 되어준 셈이었다. 그러나 내가 쓴 드라마는 12부작으로 줄어든 드라마였다. 나름 대박이었지만 전체적으로 보면 큰 파이가 작은 파이로 축소된 셈이었다. 나와 최 작가의 사건을 계기로 방송국에서는 새로운 드라마 체계를 마련한 듯했다.

"최수진 씨가 아마 드라마 2국으로 배정받을 것 같아."

국장이 최 작가를 험담한 속내도 이 때문이었다. 나를 빤히 쳐다보던 국장은, 만날수록 알 수 없는 사람이 있는데 내가 그런 사람이란다.

어이없는 공격이지만 지금 그의 위태로운 심정을 이해하고 참는다. 이럴 때 거침없이 말할 수 있도록 준비해둔 내 소개서가 있다. 중학교 때 국어 선생님의 애제자로 친구들의 부러움을 샀지만, 국어 선생님이 나에게 썩 가르치신 것은 없다. 신춘문예에 작품을 투고해서 번번이 떨어졌다. 나는 그 열정과 불만을 다른 데로 옮겨 한때 게임에 미쳤었다. 게임시나리오로 돈을 벌 작정이었으나 게임으로 실현되지 못해 거의 사장 상태였다. 그런데 방송국에 있던 한 지인이 게임시나리오를 쓰는 괴짜가 있다는 이야기를 흘렸고, 메인 작가 최수진은 호기심을 보이며 나를 만나고 싶어 했다. 자신이 구상하고 있는 작품을 게임처럼 꾸며보고 싶으니 보조 작가로 들어와서 게임의 법칙을 적용해 달라고 해서 나의 방송국 입성이 이루어졌다. 장황하게 설명하다가…… 지나치게 진지해져버린 나를 깨닫고 대수롭지 않게 덧붙인다.

"이것은 표면적인 저구요. 리어왕 말처럼, 내가 누구라고 말할 수 있는 자가 누가 있겠어요."

국장은 갑자기 말이 없어졌다. 새로 올 국장에게 위협을 느껴서인지 항상 뿜어내던 자신감의 아우라도 사라져버렸다. 국장은 문득 고개를 들더니 다시 묻는다.

"강 작가! 차기작 내용이 뭐랬지?"

순간, 수동 씨의 시선에 반짝 빛이 섰다. 작가들 사이에서 아이디어 싸움은 말 없는 전쟁이다. 차릉과 이름을 대놓고 입에 올리지 않고 미끼만 내놓는 것이 좋겠다.

"왕관에 관한 이야기예요."

"무슨 왕관? 하기야 자네가 경주 출신이랬지. 어떤 이야기를 쓰든 시청룡이 되고 이겨야 해! 자네가 말했잖아. 무조건 이겨야 해!"

국장은 내 첫 드라마의 성공이 자신의 경력에 매우 치명타가 된 이유를 거듭 이야기했다. 나의 성공이 왜 그에게 수치스런 왕관이 된 것인지 알 듯 말 듯했다. 그때 수동 씨가 웃으며 제안했다.

"술집에 성경을 바르면 어떤 결과가 나오는지 우리 내기할까요? 평생에 한 번은 신과 줄다리기를 해봐야지요."

빛의 왕관

가르마처럼 하얗고 가는 들길을 달리던 택시가 멈춰 선다.

좁아서 더는 들어갈 수가 없다며 기사가 캐리어를 끌어내려준다. 필요할 때 연락 달라며 명함을 내민다. 붕 소리와 함께 택시가 내달려간 뒤, 나는 실개천 물줄기와 나란히 난 좁은 길을 따라간다. 흙길 위를 툴툴대던 캐리어는 큰 소나무 몇 그루를 지나 감꽃이 피어날 준비가 한창인 과수원 곁을 지날 때쯤에는 순조롭게 돌돌거리며 굴러간다. 목적지라는 확신이 드는 외딴집 앞에 발길을 멈췄다. 대문 옆의 작고 편편한 바위가 눈에 띈다. 밑으로 손을 더듬어 열쇠를 꺼내 들었다.

녹슨 대문을 열자 돌쩌귀가 비명을 지른다. 마당에 고요가 가득하다. 캐리어를 마루 끝에 기대 놓는다. 햇빛에 반사되어 은빛을 발하는 마당 한구석의 펌프로 다가간다. 큰으아리꽃이 시골 정취를 풍기며 인사를 건넨다. 마중물 한 바가지를 넣으니 지하수 물줄기가 기운차게 올라와서 쏟아져 내린다. 시원한 물로 세수를 하니 기분이 좋아진다. 손등으로 얼굴을 훔치며 호기심을 따라 뒷마당으로 돌아간다. 아, 어깨높이의 담장 너머에 하얀 연꽃 연못이 그림처럼 넓게 펼쳐져 있다. 집 뒤쪽으로 외부인의 접근을 막는 자연 울타리 역할까지 겸하고 있다. 앞보다 뒤에 아름다운 것을 더 많이 두고 살아가는 인간의 집이다.

앞이 아름답지 않은 것도 아니다. 마루에 걸터앉아 보니 사방이 툭 트여 눈이 시원하다. 도회지 삶의 옹색하던 시야가 점점 넓어진다. 찬란하고 다채로운 초록의 물결은 둑길로 구획이 나누어져 있다. 미술책에서 본 몬드리안의 그림을 실물로 보는 느낌이다. 캐리어를 열어 책과 옷가지와 노트북을 마루에 풀어놓는다. 막막하다. 마중을 내심 기대했는데 우걸은 나오지 않았다. 서로 보지 않고 지내는 동안 전화라도 가끔 한 쪽은 우걸이었다. 안부나 확인하는 별다른 용건이 없는 전화였다. 작정하고 전화를 계속해온 것은 삼 개월 전부터였다.

"형을 한 번은 봐야 하지 않겠어?"

경주로 가려던 계획을 바꾸어 이곳으로 와버린 것도 그 한마디 때문이었다. 나한테 형이 어디 있어? 치솟는 불쾌감을 어쩌지 못해 소리를 질렀었다. 목소리만 들어도 평화로운 감정을 일깨우던 존재가 도리어 격렬하게 화를 돋우니 당황스러웠다. 일방적으로 우걸의 전화를 끊었다. 곧바로 경주의 펜션에 전화를 걸어 취소를 요청했다. 체크인 하루 전에는 50%를, 당일에는 계약금을 한 푼도 돌려줄 수가 없다는 대답이 돌아왔다. 조용히 설득했다. 펜션 주인은 다음에 이용한다는 조건으로 계약금의 반을 돌려주겠다고 했다. 우걸의 전화만 받지 않았어도 경주로 떠날 예정이었다. 우걸은 여전히 형과 연락이 닿고 있는 모양이었다.

차릉파 이야기를 쓰기 위해 굳이 경주까지 갈 필요는, 돌아갈 필요는 없었다. 여태 돌아가지 않은 것은 돌아갈 수 없어서였지만, 돌아갈 수 있는 지금은 돌아가고 싶지가 않다. 20년 내내 걸어다니며 봐온 곳이 경주였다. 작가적인 방랑기 덕분에 구석구석 나의 발길이 닿지 않은 곳이 없을 정도다. 세월이 흐르긴 했어도 크게 달라진 것은 없을 것이다. 우걸의 전화가 외려 형이 있는 경주로 가지 않는 결정을 하게 만들었다. 목적지를 잃고 나니 막막했다. 폭염 아래 젖은 러닝 바람으로 옹색한 원룸에 쭈그리고 앉아서 작품을 쓰고 싶지는 않았다. 전작의 성공은 화려했으나 실속은 없었다. 방송국에 입성할 때 보조 작가로 계약한 탓에 드라마의 성공과 상관없이 내 손에 떨어진 수입은 쥐꼬리였다. 정원 딸린 집으로 이사하자는 세속적인 소망을 가진 것은 아니지만, 내 불타는 프로젝트가 더위와 습기로 눅눅하게 찌든 원룸에서 추진되는 것은 바람직하지 않았다. 그때 청송에 한번 오라던 우걸의 말이 떠올랐다. 주왕산이 있어서 여름에 시원하고 글쓰기에 조용한 곳이라고 했다. 나는 우걸에게 다시 전화를 걸었다.

"갑자기 전화를 끊어서 미안. 간밤에 방송국 국장과 술을 마셨거든. 술고래들과 함께 일하니 몸이 남아나질 않네. 차기작을 위해 조용한 작업실이 필요해. 그곳에 그럴 만한 곳이 있을까?"

우걸은 무척이나 반겼다. 그렇게 반겼다면, 당연히 마중을 나오는 것이 예의였다. 파묻혀 글을 완성하기 위해서 차는 가져가지 않는다고 분명히 언질을 주었었다. 방송국 스탭이 거저 넘겨준 중고 자동차는 성능도 성능이려니와, 길눈도 시원치를 못해 여기까지 끌고 올 자신이 없었다. 우걸은 마중 나오는 대신 택시 기사에게 이 집의 위치를 알려 주었을 뿐이었다. 여름 땡볕이 들판 중심을 향해 아낌없이 퍼붓고 있다. 녹색의 너울거림 사이 어디에선가 뻐꾸기 울음소리가 난다. 황토색 토질이 고갱의 유화 바탕처럼 깔렸다. 드라마 〈연인의 게임〉이 성공한 이유를 알고 있나? 변화무쌍한 초록의 색감과 달궈진 땅의 후끈한 열기와 함께 국장의 질문이 떠올랐다. 게임의 방식을 응용한 덕분이라는 것은 표면적인 이유였다. 수동 씨가 10년간 보조 작가로 일해도 메인 작가가 되지 못했는데, 내가 첫 작품으로 메인 작가로 발돋움한 데는 비밀이 있었다. 내 욕망이 방송국보다 더 크기 때문이다. 내가 방송국에 들어간 이유는 드라마를 쓰기 위해서가 아니다. 내가 도달할 곳은 그런 통속적인 야망의 곳이 아니다.

작업실로 쓸 방의 상태를 보려고 마루로 올라가서 방문을 열어젖혔다. 그늘지듯 어두운 방의 모습이 천천히 눈에 들어왔다.

"하지 말라니까!"

흠칫 놀라며 뒷걸음질을 치고 말았다. 통화 마지막에 분명히 하지 말라고 말했었다. 그런데 이런 짓을 해놓았다. 내가 본 것이 정말인지 확인하려고 벽을 더듬어 스위치를 눌러보았다. 이 무슨! 우걸에게 작업실을 부탁할 때 그가 되물었었다.

"어떤 곳이면 좋겠어?"

"조용하고…… 벽에 성경을 바를 수 있는 집!"

예기치 않은 말이 느닷없이 튀어나왔다. 농담이라며 도로 주워 담으려던 찰나, 움찔하는 친구의 정서적 반응이 감지되었다. 기분이 순식간에 고조되었다. 우걸이 다시 반응할 때까지 설렘과 조바심으로 기다렸다. 우걸은 짧은 침묵을 깨고 조심스럽고도 차분한 목소리로 다시 물었다.

"내가 잘못 들은 것 아니지? 벽에 성경을 발라?"

적잖이 당황해하는 우걸의 음색을 포착하고 즉각 장난기가 발동했다.

"응. 방 하나에 온통 성경을 바를 수 있는 집이면 돼. 구할 수 있겠어? 아니 집을 구해서 나를 위해 그런 수고를 좀 해줄 수 있겠어? 돈이 필요하면 보낼게."

벽에 성경을 바를 생각 따위는 안중에 없었다. 술김에 내기를 했지만 술이 깨고는 다들 잊어버렸다. 맹세코 나도 머릿속에 담아두지 않았다. 심지 않은 씨앗이 땅을 발길질하는 것처럼 갑자기 솟아오른 터무니없는 말이었다. 이왕 이렇게 됐으니 그를 골려주자고 마음먹었다. 당나귀처럼 뒷발길질하면서 웃는 편이 재회의 서먹한 분위기를 감추는 데 유리하다고 판단되었기 때문이다. 우걸의 반응은 예상과 전혀 달랐다.

"네가 원한다면 할 수 있어."

그의 음성에서 묻어나는 진지함에 내 장난기가 멈췄다. 대신에 복부 깊숙이에서 포근한 안도감이 올라왔다. 내 말이라면 무엇이든지 들어주겠다는 우걸의 충성스런 의지 때문이 아니었다. 과거 잔잔하고 차분했던 우걸의 정서가 다시금 느껴지자, 갑자기 아픈 데를 찔린 듯 그가 보고 싶어졌다. 창피해서 숨겨왔던 그리움의 통증이 작열했다. 형에 대한 말만 꺼내지 않으면 과거처럼 둘도 없는 친구로 돌아가고 싶었다.

"성경을 벽에 바르려면 집주인의 허락을 받아야 할 테니, 까다로운 절차를 생략 가능한 마음씨 좋은 집주인을 추천할게. 나에게 빈집이 하나 있거든. 그곳에 오면 어때?"

"사람을 들이지도 않고 비워둔 집이 있단 말이야? 부자구나!"

"서울처럼 집이 비싼 곳이 아냐. 은퇴하면 농장을 할까 하고 사둔 토지 옆에 붙은 작은 집이야. 일주일에 한 번 정도 가서 농작물을 돌아보고 잠시 쉬다가 오는 집이지. 들겠다는 사람이 있으면 잠시 빌려도 주고, 작가가 와서 작업실로 써준다면 나야 영광이지. 네 집처럼 편하게 써도 돼."

"벽에 성경도 발라주고?"

나를 위해서라면 무엇이든지 시중을 들겠느냐는 식으로 거칠게 물었다.

"원하는 대로 성경을 발라줄게."

"왜?"

"왜냐니?"

"왜 내가 원하는 대로 해주겠다는 거야? 과거에는 안 그랬잖아."

나는 전에 없이 비열한 질문을 계속해댔다.

"네가 원하니까 해주는 거지. 과거에 내가 안 그랬다면 지금이라도 해주고 싶어."

"글 쓸 분위기만 된다면 그곳에 있어도 좋을 것 같네. 사진으로 찍어서 한번 보내 줘. 성경을 바를 필요는 없어!"

성경은 바르지 말라고 분명 말했었다. 마지막 말을 못 들었는지, 고지식한 인간은 성경으로 진짜 도배를 해놓았다. 눈물겨운 노력으로 온통 도배된 방은 그래서…… 참으로…… 허탈하다. 성경의 낱장들을 한

페이지 한 페이지…… 마치 벽돌을 쌓듯이 착착 붙여 완성해놓았다. 우걸은…… 이런 인간이다. 그는 헛수고를 매우 정성스럽게 해내는 인간이다. 자신에게 전혀 도움이 되지 않는 일에, 타인에게도 딱히 도움이 되지 않는 일에, 자신을 거침없이 소비한다. 드라마작가에게 최소한 TV 한 대는 필요할 것이라는 상상력도 없는 친구다. 웃지도 울지도 못할 방 풍경 앞에서 나는 헛기침을 했다. 내 꾀에 내가 빠진 꼴이다.

점심을 먹지 못한 배가 소리를 높여 공복을 주장한다. 지금은 영혼의 양식보다 지상의 양식이 더 필요하다. 배달 식당 전화번호나 붙여둘 것이지! 부엌으로 들어가니, 작은 냉장고가 구석에 보인다. 수박 한 덩어리와 몇 가지 과일과 김치와 된장과 고추장 등 기본 양념이 정갈하게 들어 있다. 냉장고 옆에는 휴대용 가스레인지와 라면 한 묶음이 놓였다. 라면 삶을 물을 가스레인지 위에 올려놓는다. 부엌문 밖으로 저 멀리 병풍처럼 둘러쳐진 산들을 바라보았다.

해가 지는데도 우걸은 내 존재를 잊은 듯 감감무소식이다. 담벼락에 붙은 철제 계단을 발견하고 따라 올라갔다. 마지막 계단에서 활짝 열린 붉은 천국을 발견했다. 주변 건축물이나 설치물이 없어 옥상이 흡사 조망대 같다. 여름 태양이 가라앉으면서 하늘과 산과 들판을 한 덩어리로 붉게 물들인다. 일몰의 여운 위로 천천히 어둠이 내려앉는다. 하늘은 바다처럼 푸르게 변해간다. 녹색 들판도 푸른 어둠을 안고 바닷속으로 가라앉는다. 뒤란에 잇대어 펼쳐진 연꽃 연못 끝자락에 마을이 있는지, 초저녁 어스름 속으로 반딧불이 같은 작은 불빛들이 언뜻언뜻 보인다.

"어, 저게 뭐지?"

고개를 돌린 순간, 화들짝 놀라서 손이 시멘트 난간을 헛짚을 뻔했다. 저 멀리 보이는 산 중턱에, 눈을 의심케 하는 빛의 무리가 두둥실 떠 있었다. 저런 발광체를 장착할 공장이나 건물이 없는 한적한 마을이었다. 외계에서 온 우주선이라면 모를까! 온 세상을 끌어당기듯 강렬한 발광체는 서울에서도 본 적이 없었다. 이 세상에 빛의 근원지가 있다면 저곳이라고 여겨질 정도였다. 놀라움이 전율로 변한 것은 빛다발들이 정확하게 내 쪽을 겨냥하고 있다고 느껴졌을 때였다. 아주 섬세한 빛의 손길들이 나에게 와닿고 싶어 했다. 그 전언은 이상하리만큼 분명했다. 저 빛의 이끌림에 의해 이곳에 오게 된 것이 아닌가 하는 생각이 들 정도였다. 나는 매혹되어 눈을 뗄 수 없었다. 발광체의 빛이 천천히 내 안으로 스며들어왔다.

전율의 순간이 지나간 뒤, 나는 발광체를 탐색하기 시작했다. 빛이 흘러나오는 근원지는 한 곳이 아니었다. 가장 큰 발광체의 양쪽으로 작은 빛의 덩어리가 균형을 이루며 붙어 있었다. 빛의 모양으로만 보면, 가운데가 높이 솟고 장식이 달린 화려한 왕관 같았다. 자연의 신비로운 현상 같기도 하고 사람의 작품 같기도 했다. 빛의 왕관! 이 표현과 함께 머릿속에 납득 가능한 해석이 떠올랐다. 차기작인 '차릉파의 왕관'을 위해 내가 품은 생각이 빛으로 뿜어져나와 만들어진 현상일 것이다. 내 안에서 넘쳐나온 영감이 세상의 아무 조형물 위에, 가령 산 위에 지어진 고급 리조트 위에 빛으로 덧씌워진 것 같았다. 나는 빛의 왕관을 한동안 잠잠히 바라보았다.

옥상 한쪽에, 집주인은 슬레이트로 지붕을 얹고 전등을 달아놓았다.

전등 아래는 원목 책상과 의자가 단정하게 놓인 야외 작업실이다. 벽의 스위치를 누르자, 백열등이 동그랗게 어둠을 밝힌다. 불빛을 보고 밤에는 날벌레가 몇 마리씩 찾아들겠지만, 낮에는 탁 트인 하늘과 들판을 한껏 내려다보며 글을 쓸 수 있을 곳이다. 항상 꿈꾸던 작업 환경이다. 우걸이 오면 성경도배 벽지 위로 페인트를 칠해달라고 할 생각이었으나 굳이 그럴 것도 없겠다. 낮에는 여기에서 작업하고, 밤에는 방에서 잠만 자면 될 것 같다. 불을 끄면 성경이건 무엇이건 아무것도 보이지 않을 것이다.

한 방송국 여직원이 아주 싼 가격으로 크루즈 여행을 다녀온 비결을 공개한 적이 있었다. 바다가 보이지 않는 방을 예약했기 때문이었다. 여행객들은 대개 바다가 보이는 방을 비싸게 예약하기에, 바다가 보이지 않는 방은 상대적으로 아주 쌌다. 일단 배를 타면 낮에는 갑판 위에서 질리도록 바다를 볼 수 있고, 밤이면 바다가 보이는 방이건 보이지 않는 방이건 암흑천지라는 거였다. 낮에 옥상에서 작업하고 밤에 내려가면 성경 쪼가리도 맞댈 시간이 없을 터였다. 옥상에서 내려와서 성경으로 도배된 방을 보니, 그 노력이 한심해서 슬며시 웃음이 나온다.

시의 여왕

"형님, 천우가 청송에 와 있는데 한번 보러 오시지요."

"뭐, 뭐! 천우가 왜 그곳에?"

우걸의 말을 듣자마자 만우는 부주의하게 소리를 지르고 말았다.

"글을 쓰기 위해서 와 있어요. 바람도 쐴 겸 한번 오십시오."

"글을 써? 또? 그 거짓말쟁이의 글은 뭣에 쓰려고?"

전화를 끊고 나서도 만우는 한동안 진정이 되지 않았다. 글을 다시 쓰다니! 글을 쓴다는 소리만 들어도 이렇게 가슴이 뛰었다. 천우는 글을 쓴다는 이유로 평생 아버지와 그를 괴롭혀왔다. 한동안 잠잠해서 마침내 포기했나 했더니, 다시 글을 쓴다는 비보가 날아들었다. 천우가 죽지 않았음을 확인한 순간의 안도감은 잠시, 형은 따돌리고 우걸과 함께 있다는 사실에도 화가 났다. 천우의 마음자리는 아버지나 형이 아니라 우걸이었으나, 우걸과도 인연을 끊고 지낸 동생이었다. 그런데 이제 그를 찾아가서 다시 글을 쓰고 있다.

　아버지가 아이스크림을 사 가지고 걸어오신다.

　천우가 일곱 살 때였다. 저녁을 먹고 천우와 산책을 나갔다. 동네 공원의 작은 벤치에 앉아 쉬던 중이었다. 천우가 흙바닥에 막대기로 한 줄을 써놓고 읽어보라고 말했다. 만우는 저절로 웃음이 나왔다. 아버지는 지금쯤 코를 골며 주무시고 있을 거라고 말해주었다. 노동의 강도가 만만치 않았기에, 아버지는 일찍 잠에 떨어지곤 했다. 천우는 다시 한 줄을 써놓고 읽어보라고 채근했다.

　아버지가 두 시간째 아이스크림을 들고 걸어오신다.

　폭염이 내리쬐는 여름이었다. 해가 지고 있긴 했지만, 아버지가 아이스크림을 들고 두 시간이나 걸어올 수는 없는 노릇이었다. 아이스크림이 먹고 싶어서 꾀를 부리는 것을 알고, 만우는 천우를 데리고 동네 슈퍼에 가서 아이스크림을 사주었다. 그는 어린 동생의 순진무구한 꾀에 웃으며, 아버지가 아니라 형이 사준 것이라고 생색을 냈다.
　"앞으로 아이스크림을 먹고 싶으면 형에게 직접 말해!"
　"꼭 아이스크림이 먹고 싶어서 쓴 것은 아냐."
　"그럼?"
　"아버지가 진짜 아이스크림을 두 시간 동안 들고 오는지 보려고. 우걸이가 말하는 대로 이루어진다고 했어."

"우걸이 앞에서 썼을 때도 아이스크림이 생겼어?"

"아니!"

"그럼 왜 이루어졌다고 생각해?"

"지금 이루어졌잖아. 당장 이루어지지 않아도 조금 지나서 이루어질 수도 있잖아."

"나는 아버지가 아냐."

"아버지가 언젠가는 아이스크림을 사 가지고 올 거야."

어릴 적에야 귀엽게 볼 수 있는 수준이었지만, 천우는 시간이 흘러도 변함이 없었다. 일단 거짓말을 시작하면 끝까지 거짓말이었다. 천우의 머릿속에서는 흐르는 강물처럼 거짓말이 자연스럽게 이어지는 모양이었다. 눈이 펑펑 쏟아지는 날에 보여준 글은 이런 내용이었다.

눈이 내리지 않는 나라에 사니 눈을 본 적이 없었다.

눈이라는 말을 들어본 적이 있으니 본 것이나 마찬가지였다.

천우의 생각은 자유롭고 거침이 없었다. 만우는 그 점에서 자주 시험당했다. 이해하지 못해 당혹해하면 천우는 키득키득 웃었다. 화를 낼 수도 없었고 농담처럼 웃을 수도 없었다. 최대한 이해하려는 차원에서 침묵하면 천우는 실망하곤 했다. 아버지도 천우를 잘 이해하지 못했지만, 늦둥이에 대한 애착이 유독 강했다. 조금 지나면 철이 들고 괜찮아질 것이라 여겼다. 아버지는 항상 형이 아우를 잘 돌봐주어야 한다고 말씀하곤 했다.

"형, 시라는 것은 마음에 많은 문을 달아두는 거야."

천우가 거짓말을 한 이유를 들어보면 '시'라는 것 때문이었다. 천우가 마음속에 키우는 '시'는 집 안에 공기가 순환이 잘되도록 열어두는 문과는 달랐다. 그의 마음에 난 문들은 벌집 구멍들 같았다. 천우는 그 문들을 통해 무엇인가를 모으러 부지런히 집 밖으로 나다녔다. 뭔가 감지되면 주저 없이 날아갔다. 때문에 어린 천우는 호기심이 많은 신동으로 사랑받았다. 하지만 나이가 들수록 사람들이 다가서기 힘든 성격으로 변해갔다. 성장할수록 스스로 뾰족해졌다. 시의 여왕을 지키기 위한 전사의 창처럼 날카로워졌고, 일상을 아예 무시하는 태도를 보이곤 했다. 성적도 시원찮고 공부에 별반 흥미를 느끼지 못했던 장남은 고등학교로 충분했다. 하지만 천우는 달랐다. 아버지는 서울에 있는 대학으로 천우를 진학시켰다. 아버지는 대학생 아들을 위해 열심히 일했다. 시의 여왕은 천우를 계속 지배했다. 대학시절 내내 시를 위해 술을 마시고 춤을 추었다. 사건도 만만찮게 터뜨렸다. 그런 철부지가 아버지는 더 애틋했다. 만우는 근심하는 아버지를 나무랄 수도 없었다. 듬직한 형이 되어주고 싶었지만, 동생은 듬직한 형이 필요 없었다.

만우는 철물점 샛문을 열고 고물을 쌓아두는 마당으로 나갔다. 아버지는 고물상만을 남겼지만, 만우는 그 옆에 번듯하게 철물점도 열었다. 끊으려고 작정했던 담배를 다시 피워 물었다. 우걸과 천우의 새로운 조합이 무엇을 위한 것인지 몰라 속이 타들어간다. 천우가 청송으로 가서 우걸과 합류했고, 우걸은 만우에게 청송으로 오라고 거의 애걸 조였다. 세 사람이 만나서 해결할 일이 있다면, 그 둘은 한패일 수밖에 없다. 두 사람은 중학교도 고등학교도 같이 다녔고, 서로 끔찍이 좋아했다. 둘은 전혀 다른데 묘하게 닮았다. 둘 다 고민이 많았다. 찾아 헤매는 것이 있는데, 둘 다 곧장 도달하지 못하는 듯했다. 그래서 둘 다 말랐다. 천우는 그 팔랑거림 때문에 말라갔고, 우걸은 그 진지함 때문에 말라갔다. 우걸은 천우에게는 좋은 친구였지만, 천우의 형으로서 마냥 좋아할 수만은 없는 녀석이었다. 그들이 다시 뭉치면 피곤한 일들이 생길 것은 불 보듯 뻔하다. 우걸은 누구에게나 신뢰감을 주지만, 이상하게 동생과 뭉치면 형제 사이를 갈라놓는 악역을 했다. 천우의 거짓말을 키우는 데 가장 공로가 큰 사람도 우걸이었다. 우걸은 천우의 거짓말을 시라는 이름으로 진지하게 받아들였다. 천우는 우걸에게 마음의 거처를 두고 있어서 그 앞에서 특히 기가 살았다.

담뱃불이 타들어갈수록 마음도 타들어간다. 천우는 대학을 졸업하고도 시를 쓴답시고 경제적 독립과는 거리가 멀었다. 서울에서 직장을 얻기 어려우면 내려와서 아버지 일을 도우라고 여러 번 권했으나 소귀에 경 읽기였다. 한 번은 자기 몫의 유산을 미리 달라고 보챘다. 더는 시를 쓰지 않고 제대로 창업을 해보겠다며 창업 계획을 제법 소상하게 밝혔다. 아버지는 천우가 철이 든 것으로 여겼다. 만우는 의심스러웠으나 도리가 없었다. 아버지는 천우 몫이라며 재산의 반을 동생에게 넘겼다. 그러나 얼마 지나지 않아 예상보다 더 나쁜 결과가 나타났다. 천우는 친구에게 돈을 빌려주었다가 창업은커녕 사업을 시작하기도 전에 빈털터리가 되어 있었다. 이곳저곳 친구들의 자취방에 끼어 라면으로 끼니를 때우는 모습을 확인하기까지 채 1년이 걸리지 않았다. 천우는 경주에 내려오지 않았고 돈을 보내달라는 연락도 하지 않았다. 아버지의 시름은 깊어졌고, 만우도 동생이 목의 가시처럼 걸렸다.

그러던 어느 날 동생이 경주에 내려왔다는 소식이 만우의 귀로 흘러들어왔다. 아버지 귀에 들어가기 전에 집으로 데려오고 싶었다. 여기저기 수소문했지만 소용없었고, 동생을 보았다는 사람을 찾아 확인해도 이상한 말만 들었다. 본 것은 분명한데 동생이 아닌 것 같다고도 했다. 길 잃은 사람처럼 하염없이 걸어다니는데 행색이 비렁뱅이 같았다고도 했다.

천우를 찾아다니다가 집으로 돌아오던 중으로 기억된다. 늦은 시간이어서 인적이 없었고, 가로등만 희멀겋게 빛나고 있었다. 집 부근에는 어른 키의 몇 배나 되는 옛 무덤들이 듬성듬성 펼쳐져 있어 밤에 그곳을 걸으면 별천지에 있는 듯했다. 그중에 천우가 유독 좋아하던 옛 무덤이 있었다. 연구가치가 있는 고분은 아닌지 특별한 대접을 받지는 못했지만, 달빛과 어우러지면 제법 운치가 있었다. 천우는 그 무덤이 어린왕자가 사는 소행성을 닮았다고 했다. 동생이 감동을 거듭했던 책의 주인공이었다. 천우 생각을 하다 보니 발길이 저절로 그곳으로 향했다. 그때 무덤 위로 사람이 불쑥 솟아올라 까무러칠 뻔했다. 그 무덤은 크기가 엄청나고 하부의 경사가 심해 혼자서는 올라갈 수 없었고, 문화재보호 차원에서도 함부로 올라가서는 안 되는 곳이었다.

"천우야! 천우니?"

그 형체는 《어린 왕자》 책의 표지 그림처럼 길게 목도리를 늘어뜨리고 있었다. 옛 무덤 위의 남자가 돌아서더니, 그를 향해 움직이기 시작했다. 어둠 속에 실루엣만 봤을 때는 동생인지 아닌지 알 수가 없었다. 그는 이쪽으로 오려고 주저 없이 발을 내딛었다. 그리 무작정 걸으면 허공을 헛디뎌 구를 수밖에 없었다. 천우라면 술에 취해 올라갔을 수도 있고, 자칫…… 크게 다칠 수도 있었다. 남자는 개의치 않고 허공에 계단이라도 있는 것처럼 스르르 자연스럽게 내려오고 있었다. 순간 사람이라고 느껴지지 않았다. 덜컥 겁이 났다. 그래도 확인해야 했다.

"천우야!"

긴장 탓인지 억눌린 목소리가 새어나왔다. 사람이라면 그렇게 꼿꼿하게 선 채로 허공을 내려올 수 없었다. 공기 위를 걷는 사람 같았다. 가까이 내려올수록 동생이 아니라고 느껴졌다. 키가 확실히 더 커 보였다. 동생이라면 형, 하며 불렀을 것이었다. 형! 형! 천우는 형을 부르며 졸졸거리기를 좋아했었다. 남자는 고분의 바닥에 발을 내려놓았지만 말은 없었다. 만우는 그의 얼굴을 보려고 눈을 부릅떴다. 남자는 눈물을 흘리고 있었다. 동생이 아니었다. 옛 무덤에서 나온 혼령이었다.

만우는 돌아섰고, 줄행랑을 쳤다. 오래된 큰 무덤에서 나온 기센 영혼을 잘못 만나면 눌릴 수 있다고 들었다. 죽자 살자 내달았다. 다리가 서로 엇갈리고 심장이 심하게 요동쳤다. 항상 익숙했던 길이 아득해지면서 막막했다. 돌아보아야 할지 계속 달려야 할지 갈등하면서도 몸이 움직여지는 대로 따라갔다. 심장이 터질 것 같았다. 혼령이 그를 잡아챈다면, 동생에게 나쁜 일이 생기고 말 것 같았다. 신작로에 접어들었을 때야 뻑뻑해진 고개를 돌려보았다. 아무도 없었다. 집으로 이어지는 마지막 골목길 입구에 이르자 간간이 들르던 찻집이 눈에 들어와 문을 밀었다. 흥건하게 젖은 옷이 찻집의 서늘한 공기에 말라가고 차츰 정신이 돌아왔다. 아버지가 걱정하실까봐 말씀드리지 않은 것이 후회되었다. 해가 뜨면 아버지께 말씀드리고 경찰에 신고해서 찾아보아야겠다고 생각했다. 천우가 경주에 와 있다는데 서둘러 찾지 않은 것이 마음에 걸렸다.

겨우 땀이 말라 집에 돌아가니, 집 안 분위기가 달라져 있었다. 두 남자가 사는 어둡고 가라앉은 분위기가 아니었다. 불빛은 더 밝아졌고 두런두런 사람 소리도 들렸다. 아직 홀린 상태인지 집의 변화가 쉽사리 가늠되질 않았다. 입구부터 고기 굽는 냄새가 진동했다. 손님이 왔나보다 하고 현관에 들어가니, 거실에 떡하니 동생이 앉아 있었다. 잔칫상이라도 되는 양 음식들이 잔뜩 차려진 채였다. 그는 아버지와 동생과 식탁 위에서 지글거리고 있는 프라이팬 위의 음식을 번갈아 보았다. 어이가 없었다. 경주에 오고서도 연락 한 번 없더니 천연덕스럽게 아버지에게 대접을 받는 동생을 용납하기 어려웠다. 게다가 아버지는 이번에 돌아오면 절대로 이전처럼 대하지 않겠다고 약속을 여러 번 했었다. 먼저 꾸중부터 단단히 해서 버릇을 고치기로 약속했었다. 저런 망나니에게, 금의환향한 자식 맞이하듯, 상다리가 휘도록 음식대접을 하다니! 이러니 허구한 날 술타령에 여자 문제에 돈이라는 돈은 다 가져다가 씨를 말리고 상속받을 재산까지 당겨 받아 탕진해버린 것이었다. 만우는 아버지와 동생 앞에서 두 주먹을 꽉 쥐고 꽥 뜻 모를 소리를 질렀다.

모든 것이 정지되었다. 천우의 숟가락이 허공에서 멈추었고, 그에게 손짓하며 웃던 아버지의 웃음도 멈추었고, 천우에 대한 기대나 아버지에 대한 연민도 멈추었다. 만우는 아버지를 더는 참아낼 수가 없었다.

"그만하세요! 아버지 그만하세요!"

망나니 작은아들이 돌아온 것에 기쁜 나머지 자랑하려고 내놓은 아버지의 최근 '물건'을 보았을 때, 만우는 폭발하고 말았다. 천우는 아버지에게 돈을 달라고 조르다가 여의치 않으면 돈이 될 만한 이런저런 것들을 들고 나가버리곤 했다. 최근 아버지가 찾은 것은 일제 강점기에 찍은 선교사를 포함한 서양인들의 사진첩이었다. 아버지가 만우에게 주었던 것인데, 그 사진들이 천우 앞에 놓여 있었다. 어찌어찌 집으로 흘러들어온 서방신 선교사들의 사진첩은 형제간의 아슬아슬했던 관계뿐만 아니라 부자간의 튼튼했던 신뢰까지 뒤흔들어버렸다.

"오래간만에 동생이 왔는데 그게 무슨 태도냐?"

"동생은 무슨! 나에게 동생이 어디 있어요?"

"형이 그것을 말이라고 하는 거냐!"

"아버지는 저 자식을 왜 감싸시는 거예요? 저 사진들은 왜 또 끄집어 내놓으셨어요? 훔쳐가게 하지 말고 아예 손에 들려주세요!"

만우는 순간적으로 발광하는 물체를 보았다. 천우가 던진 숟가락이 그의 왼쪽 눈 옆을 스쳐 지나갔다.

"저 자식이!"

"이 집에서는 밥 한 끼 제대로 먹기도 힘드네요. 그러니 내가 들어오기가 힘들죠! 좀 전에 나를 보고도 형은 모르는 척 도망갔어요."

아버지는 그 말에 놀라며 바짝 정신을 다잡는 표정이었다. 만우는 순간적으로 뭔가 잘못되어가는 것을 느꼈다. 조금 전 옛 무덤 위에 서 있던 남자가…… 동생이었다! 아버지는 만우의 표정을 현미경으로 살피듯 들여다보았다.

"그게 사실이냐? 동생을 보고도 못 본 척 와버린 것이냐?"

"그것이…….."

"사실인 모양이구나. 동생 안부를 몰라서 내가 얼마나 애를 태웠는지 네가 제일 잘 알고 있다. 그런데 네가 동생을 보고도 모른 척을 했다니."

"그게…… 아니라니까요!"

"내가 죽으면 동생을 너에게 맡기려고 했는데……."

"내가 왜 저놈을 맡아요. 저놈을 맡아서 뭘 하게요. 제 잘나서 부모 속 썩이고 집안의 돈을 다 써버리는 저런 놈 맡아서 내가 어떻게 살아요?"

"나도 형에게 맡겨지고 싶지 않아. 아버지! 저는 제가 맡을게요."

그 와중에도 동생은 웃음을 날렸다. 그때 만우는 완전히 발광하고 말았다. 선 자리에서 아버지가 차려놓은 식탁을 뒤집었다. 형으로서의 자존심이 완전히 무너진데다가, 동생에게 아버지의 관심과 사랑을 지속적으로 빼앗겨온 불만의 마그마가 끓어올라 폭발했던 것이다. 돌이킬 수 없는 행동의 결과가 즉각 나타났다.

동생은 다시는 집에 돌아오지 않겠노라고 비장하게 선언하고 나가 버렸다. 단칼에 베듯 주변과의 연락을 끊었다. 철저히 약속을 지키듯 다시 돌아오지 않았다. 아버지는 천우 때문에 몹쓸 병을 얻었고, 천하의 불효자식은 아버지의 장례식장에도 나타나지 않았다. 몇 해 만에 무슨 바람이 불어 우걸 곁으로 돌아왔는지 알 수 없다. 우걸 곁에서 무슨 수를 벌이든지 결코 말려들고 싶지 않다. 그런데도 우걸의 호소가 자꾸 귀를 울린다.

"드라마를 쓰기 위해 이곳에 와 있어요. 천우 보러 한번 꼭 오셔야 합니다. 안 오시면 제가 모시러 갈 거예요."

하늘의 천

따스하고 보드랍다. 깃털처럼 가벼운 무엇이 내 얼굴을 간지럽힌다. 살포시 눈꺼풀을 밀어 올린다. 밝고 보드라운 햇귀가 방 안으로 길게 비춰 들어와서 나를 깨운 것이다. 태양이 처음 떠오를 때 가장 먼저 찾아온 빛이 조심스레 방 벽을 타고 다닌다. 사방이 고요하다. 간만에 깊은 잠을 자고 깨어나 피로가 가신 맑은 눈으로 벽을 바라본다.

내게 금빛과 은빛으로 짠
하늘의 천이 있다면

눈을 뜸과 동시에 마주하게 되는 벽이다. 글자를 몰랐던 아버지에 의해 잡지와 책장들은 이리저리 뒤집힌 채 도배가 되어 있지만, 잠자리의 눈앞 위치에는 똑바르게 붙어진 시 한 편이 있다. 성장기의 육체적 불편함이나 미룬 숙제에 대한 걱정이 찾아들기 전에, 아침에 눈을 뜨면 가장 먼저 펼쳐지는 것이 이 시다. 시어 위로 햇살이 산책하는 것이 보인다. 처음에 '금빛' 글자 위에 놓였던 햇살이 조금 뒤에 '은빛' 위로 옮겨와 있다. 햇살이 벽을 타고 걸을 때마다, 어둠 속에 잠겨 있던 글자가 빛 속에 자신을 드러낸다. 한 글자 한 글자 살려내는 햇살의 정성은 대단하다. 서두르지 않고 일정하게 빛을 비추어 글자를 어둠 속에서 놓여나게 해준다. 이제 빛은 '하늘'이라는 글자에 왔······.

날카로운 소리가 사정없이 귀를 긁으며 들어왔다. 시끄러워! 눈을 비비며 소리 나는 쪽을 보니 창틀 쪽이었다. 방충망에 매미 한 마리가 굵은 점처럼 달라붙어 울어댔다. 예이츠 시를 읽던 포근한 기억을 찢어버린 매미가 원망스러웠다. 아, 아쉬움에 몸이 웅크려진다. 볼 때마다 눈물이 날만큼 아름다웠던 벽 위를 걸어다니는 햇살의 산책이었다. 오랫동안 잊고 지냈던 어린 시절의 시였다. 어린 시절의 가장 행복하고 포근했던 기억이었다. 시 제목은 〈하늘의 천〉이었다.

당장이라도 일어나서 매미를 쫓아버리고 싶은데 몸은 아직 완전히 깨질 못했다. 여기 와서 짝을 찾아봤자 소용도 없는데. 곤충이지만 애달프다. 햇귀가 벽 위에 글자의 천을 짜던 모습이 선연하게 떠오르면서 행복했던 감각이 몸을 다시 감싼다. '하늘의 천'을 잃어버린 채 지내왔다는 사실이 새삼 놀랍다. 언제부터 '하늘의 천'을 놓아버린 것일까. 매미는 철망을 부여잡고 가망 없는 절규를 계속한다. 내 창문에서 호소한들 무슨 소용이 있으랴. 괜히 말려든 느낌이 들어 돌아눕는다.

벽을 대면한 눈동자는 피할 수 없는 장면과 마주친다. 빽빽한 글자들이 외나무다리 위의 적처럼 요지부동 눈앞에 서 있다. 금빛과 은빛으로 짠 하늘의 천이 아니라, 촘촘한 성경 구절들로 도배된 벽이다. 좀 전에 누렸던 포근한 어린 시절의 잔상이 그나마 짜증스러움을 눌러준다. 내가 성경의 영향력을 무시할 수 있으려면 개의치 않아야 한다. 차라리, 아무리 읽어도 아무런 변화가 없음을 확인하는 편이 나의 불확실한 확신을 위해서도 좋을 것이다. 눈앞의 구절을 눈 가는 대로 읽는다.

나는 벌레요 사람이 아니라 사람의 훼방거리요 백성의 조롱거리니이다

나는 벌레요……. 순간 불길한 예언 구절 같아 불안한 감정이 스멀거리며 올라온다. 매미는 그악스럽게 울어댄다. 나는 몸을 돌려 매미에게 소리친다. 너는 벌레요 사람이 아니라 사람의 훼방거리요……. 매미는 조롱하듯 더 찢어진다. 귀찮아서 돌아누웠더니 다시 성경 벽이다. 자세히 보니 시편 22편이다. 성경에도 시들이 있었지! 하필 왜 이 구절이 눈에 들어왔을까. 신이 나를 저 곤충 보듯이 하는 모양이다. 정말 내가 사람의 훼방거리이고 조롱거리인지 두고 보라지. 내 글을 위해 방송국의 사장부터 제작국장과 촬영 팀들과 수많은 스탭들이 일사분란하게 움직일 것이고, 세상 사람들이 TV 앞에 매달려 웃고 울고 할 것이다. 그것뿐이랴. 나는 보이지 않는 신처럼 그들을 조종할 것이다.

나는 손가락으로 '나' 대신에 '신'을 넣어본다.

신은 벌레요 사람이 아니라 사람의 훼방거리요 백성의 조롱거리니이다

나는 벌떡 일어나 방충망을 사정없이 손으로 쳤다. 곤충이 단번에 달아난다. 점심 무렵 우걸이 데리러 온다고 했던 말을 상기한다. 같이 점심 먹고 자신의 직장을 둘러보자고 했었다. 신분증을 잊지 말고 챙겨두라 했는데, 없던 허세를 부리는 듯해서 헛웃음이 나온다.

우걸이 올 때까지 작업에 몰두코자 옥상으로 올라갔다. 집중해서 드라마 트리트먼트를 정리할 계획이다. 차릉파의 고향은 내 고향인 경주로 잡아두었다. 경주는 여타 도시와 다르게 집을 나서면 주변에 산만한 능묘들이 둥실 나타났다. 아버지의 어린 시절에는 그곳에 올라가서 놀 수 있었다고 들었다. 요즘은 문화재보호 차원에서 어림없는 일이다. 관리인이 배치되고 CCTV까지 달고 관리한다. 일제 강점기에 일본에 의해 파헤쳐지기 전에는 그 흙무더기들이 능이라는 사실을 알지 못했다. 왕과 왕비의 무덤인 능조차 아이들의 놀이터이자 어른들의 휴식 공간, 심지어 깨밭이기도 했다.

차릉파는 본명이 아닐 것이다. 옛 시절에 여아에게 그런 이름을 줄 부모는 많지 않았을 것이다. 차릉파의 어린 시절 이름은…… 항상 높은 흙무더기 위에서 놀았으니 능아라고 부르자. 능아가 그 흙무더기에 올라 종일 어머니를 기다린 이유는 그곳이 어머니를 가장 먼저 발견할 수 있는 곳이기 때문이었다. 배가 고프기도 했고, 심심하기도 했고, 무엇보다 어머니가 다시 나타나지 않을지도 모른다는 불안 때문이었다. 그녀는 약하고 노쇠한 몸으로 일을 나가는 어머니가 불안했다. 그러

다가 어머니가 할머니라는 사실을 아는 나이가 되었다. 어머니가 어디 있느냐고 물으면, 할머니는 저 멀리 갔다고 했다가, 다시는 보지 못할 것이라고 했다가, 어느 날 저 흙무더기 속에서 자고 있다고 밝혔다. 능아는 그때부터 그 흙무더기를 어머니의 젖무덤처럼 친근하게 느끼며 뒹굴었다.

차릉파의 어린 시절은 나의 어린 시절이었다. 단지 차릉파가 혼자였다면 나에게는 형이 있었다. 차릉파의 어머니는 돌아가셨고, 나도 그랬다. 어머니는 나를 낳고 바로 돌아가셨다. 나는 형과 열 살이나 차이가 났지만, 형을 좋아했기에 외롭지는 않았다. 나와 달리 능아는 외로운 시절을 보내고 있었다. 그러던 어느 날 그녀의 동산이자 어머니의 젖무덤이었던 흙무덤에 변고가 일어났다……. 쫓아 보냈던 매미가 떼를 몰고 돌아온 모양이다. 군대를 방불케 하는 전투적인 매미들의 울음소리에 생각의 흐름이 깨지면서 작품에 전념할 수가 없다. 조용한 경주의 흑백 풍경과 큰 흙무덤과 능아의 얼굴이 머릿속에서 차례로 무너진 후, 하릴없이 옥상을 어슬렁거린다. 난간에서 아래를 내려다보는데, 차를 돌리는 지점에 자동차 한 대가 와서 선다.

마당으로 내려가니, 중년 남자의 굴곡진 얼굴이 나타났다. 순해서 교회 오빠 같던 우걸은 뼈가 드러나는 골격형 인간으로 변해 있다. 우걸은 나를 보며 활짝 웃었으나, 나는 처음 보는 집주인을 대하듯 서투르게 손을 내민다. 우걸은 집에 필요한 것들을 먼저 묻더니, 점심 먹고 같이 사러 가자고 제안했다. 나는 성급하게 마음에 담아둔 불만부터 털어놓는다.

"성경을 바르지 말라고 했는데 잘못 들었던 모양이야."

"아니. 그렇게 들었지만 내가 발랐어."

타인의 말에 거의 반박이 없던 순하디순한 우걸의 대답으로는 낯선 것이었다.

"왜 내 말을 무시하고 성경을 발랐어?"

"네 말을 무시한 것이 아니고 내가 바르고 싶어서 바른 거야."

"내가 그 이야기 안 했으면 안 발랐을 것 아냐?"

"네 이야기 듣고 내게 그런 마음이 생겨서 발랐어. 차근차근 이야기하자. 밥 먼저 먹자."

언제나 내 말에 수동적으로 동의하던 옛날의 우걸이 아니다. 옛 친구가 옛 친구로 남아 있지 않으니 미미한 불안감이 스며든다. 우걸은 음식점 간판이 주르르 선 골목 어귀에 차를 부드럽게 세운다.

"오늘 내가 쉬는 날이거든. 점심 먹고 내가 일하는 곳에 한번 가보자. 산 중턱에 있어서 공기가 좋고, 아마 작가로서는 매우 인상 깊은 장소가 될 테니까."

우걸은 다소 뻔뻔해졌거나 배짱이 세졌다. 드라마작가의 작업을 부러워할 줄 알았는데, 우걸은 선수 치듯 자신의 일터를 치켜세운다. 자랑할 만한 직업이라면 바로 입에 담을 텐데, 변죽만 울리고 있다.

"청송에는 콩국수가 유명한데 괜찮겠어?"

북유럽 인테리어를 서투르게 흉내 낸 촌스러운 식당에 앉아 콩국수를 기다렸다. 맑은 콩국수가 탁자에 놓였다. 걸쭉한 막걸리를 한잔 마시고 싶다고 말하려는 찰나였다. 상대에게 부담주지 않으려고 소리 죽여 짧게 기도하는 우걸을 보니 입이 저절로 다물어진다.

"사람들과 술 먹으면서 농담 반 진담 반 했던 이야기였어. 성경을 술집 벽에 바르면 사람들에게 어떤 변화가 생기는지 내기를 해보자고 했거든. 말이 그렇지, 그런 쓸데없는 내기를 누가 실행에 옮기겠어. 무심코 한 말인데 네가 그런 엄청난 일을 벌여놓았더라고."

"너는 어떤 결과가 나올 것이라고 했어?"

"5번. 아무런 변화도 일어나지 않는다."

"변화가 있으면 어쩌려고? 성경 말씀이 어떻게 작동하는지 정말 궁금하지 않아?"

"어떻게 작동하는데?"

"살아 움직이지."

"어떻게?"

"길처럼 뻗어."

"어디로?"

"하나님에게로."

"왜?"

"우리를 하나님에게 연결해주려고."

"연결해서 뭐 하려고?"

"구원하려고!"

갑자기 심하게 웃으니 재채기가 터져나왔다.

"왜 웃어? 너도 그때를 떠올리고 있지?"

'구원'은 우리에게 금기어가 되다시피 했다. 세상에 둘도 없이 다정하게 지내다가도 이 단어만 나오면 사정없이 싸웠기 때문이다. 하루는 가만히 듣고 있던 만우 형까지 소리를 질렀다. 둘 다 밖으로 나와! 그날 우리는 다툰 벌로 오후 내내 고철 골라내는 작업을 도와야만 했다.

일하는 조건으로 저녁밥을 주겠다는 것이었다.

"형은 구원이 밥에 있다고 했어. 입으로 들어갈 한 끼 밥을 벌기 위해 얼마나 일해야 하는지 알아야 한다고 우리에게 냅다 일을 시켰어. 우리가 그렇게 일해도 한 끼의 식사를 줄 만큼 되지 않는다고 굶겼지. 밤 11시에 몰래 먹던 식은 밥이 얼마나 꿀맛이었는지 기억나? 우리가 다시 이런 이야기를 할 수 있다니……. 우리를 처음 만나게 해준 성경 구절, 기억하지?"

"기억이야 하지만 이제는 의미가 없어."

"네가 여기 온 것은 그 의미를 제대로 깨닫기 위해서일지도 모르지."

"또 시작이구나."

우걸과의 대화는 항상 이런 식이었다. 나는 시가 최고의 언어라고 주장했고, 우걸은 성경이 최고의 언어라고 주장했다. 우리 두 사람을 가깝게 만든 것이 언어라면 멀어지게 한 것도 언어였다. 나는 시인을 최고의 인간이라고 믿었고, 우걸은 성경 말씀을 믿는 사람을 최고의 인간이라고 믿었다.

"벽에 성경 발라놓는다고 내가 꿈쩍할 것 같아? 그 방에 몇 달씩 머물러도 내게 아무런 변화가 없으면 시의 언어가 이기는 거야."

"시를 쓰러 온 것이 아니라 드라마를 쓰러 온 것이라며."

"드라마는 내 시를 위한 숙주일 뿐이야. 무슨 뜻인지 지금은 몰라도 돼. 시가 인간이 가진 최고의 언어임을 곧 세상에 보여주게 될 거야. 내 작업이 성공하면 너에게 확인시켜줄 수 있을 거야. 잘됐네. 이렇게 내 전투력을 상승시켜 줄 천적이 나타났으니."

"성경의 말씀은 인간이 쓴 언어가 아니야."

"싸움을 다르게 시작하는구나. 인간이 쓴 것이 아니면 신이 썼냐?"

"성령이 함께 쓴 것이지."

"수십 번 했던 말을 다시 반복하는구나. 너도 또 같은 말을 하고 나도 또 같은 말을 하고……"

"시가 진정 최고의 언어라고 믿었다면 너는 시를 버리지 않았을 거야."

"버린 것이 아니라니까. 시를 쓰지 않는 것처럼 보이는 것은 최고의 시를 쓰기 위한 실험과 단련의 기간이기 때문이야."

"시가 진정 최고의 언어라고 믿었다면 한시라도 포기할 수 없었을 거야. 나는 한순간도 말씀을 포기한 적이 없거든."

"성경 발린 방에서 몇 개월을 보내고도 나에게 아무런 변화가 없으면 그때는 말씀이고 뭐고 너도 두 손 들어. 방송국 사람들끼리야 농담이었지만, 너와는 진짜로 내기를 하자. 무엇을 걸까?"

"이기는 것만이 승리는 아니야. 질 때 가장 소중한 것을 얻기도 하지."

"정말 네 신의 언어가 그렇게 위력이 있다면 이번 참에야 보여주시겠지. 그 잘난 성경방에서 자고 먹고 할 테니 네 하나님에게 그 위력을 보여주시라고 해. 그러고도 내가 말씀의 힘을 느낄 수 없다면 너는 다시는 내 앞에서 성경을 입에 담지 마."

우걸은 옆자리에 나를 태우더니 천천히 차를 몬다. 차창 밖으로 한가로운 들판과 띄엄띄엄 서 있는 집들이 흘러간다. 한적한 풍경에 마음이 누그러지면서 긴장도 풀린다. 텅 빈 도로에서 속도를 한껏 높일 수도 있건만 우걸은 마냥 같은 속도로 나아간다. 밤에 환하게 빛나는 왕관의 실체가 무엇인지는 우걸에게 물어보지 않을 작정이다. 글을 끝낼 때까지는 왕관이다.

"신분증 가지고 왔니?"

"내 신분은 세상 사람들이 다 알아."

나도 모르게 신경질적인 대답이 튀어나온다.

"내가 일하는 직장은 대통령이 와도 신분증이 필요해. 신분증 가지고 왔어?"

"가지고 오긴 했어."

자동차가 약간 경사진 길을 올라가고 있다. 괜히 기분이 울적해서 창밖으로 시선을 돌린다. 심기가 건드려진 것이 분명하다. 낯선 도시에서 생소한 사람을 만난 기분이다. 친구가 타인같이 느껴진다. 감정을 펼쳤다가 상대방에게 닿지 못해 반사된 것을 도로 접어넣은 심정이다. 자동차는 한동안 산길을 오르더니 육중한 문 앞에 가까스로 섰다. 큰 건물이 여럿 보인다. 입구에는 삼엄한 초소까지 있다. 비밀 무기라도 만드는 곳인가. 직원이 우걸에게 거수경례를 하더니 내 신분증을 받아간다. 정문이 간단하게 열리고, 우걸은 차를 안으로 몰고 들어가서 세운다. 교정을 본다더니 아마 연수원 같은 데서 일을 하는 모양이다.

"여기가 어디야?"

"청송 교도소야."

"교정을 한다는 것이……."

우걸은 겉모습이 번듯한 건물 안으로 나를 데리고 들어간다. 우걸의 청빈과 헌신의 종착점이 이곳인 모양이다. 세상살이를 하려면 어느 정도 영혼이 흐려질 수밖에 없는데, 우걸처럼 흐려지지 못하는 인간이 어디에 정착할까 싶었다. 그의 안정된 태도는 이곳에 잘 녹아들었음을 증명한다. 복도의 천장 아치에 '평안하게 걷는 길'이라는 글자가 박혀 있다. 저 글자들이 무슨 힘이 있어 이곳 사람들을 평안하게 이끌겠는 가. 글자에 힘이 있다면 벽에 발린 성경을 읽는 족족 믿어버리고 말겠 지. 나는 우걸을 따라 낙후되었지만 깔끔한 도서관으로 들어섰다. 죄 수들이 어떤 종류의 책을 좋아하는지 묻자, 우걸은 작품 리스트가 꽂 힌 서류철을 내민다.

"담당자가 아니라서 자세히 알지는 못해. 책 리스트를 보여주면, 그 들이 책 제목을 보고 선택을 하지. 그러면 가져다주게 돼."

"이곳에 와서 직접 선별하는 것이 아니고?"

우걸은 고개를 가로젓더니 말없이 나간다. 우리는 마당을 가로질러 다른 건물 쪽을 향했다. 넓은 마당은 돌아다니는 사람이 없어 정적에 잠겨 있다.

"너무 조용한데."

"다들 저쪽 동에 있고, 이 동에는 아무도 없어. 더는 사용하지 않는 독방 건물이거든."

"독방? 아직도 그런 인권유린의 장소가 있단 말이야?"

"영화에서 독방은 지독한 체벌 장소로 나오지만, 현실은 좀 달라. 독 방을 싫어하는 사람도 있지만, 독방이 아니면 견디지 못하는 사람들도 많아. 혼자 있지 않으면 견디지 못하는 사람들이 꽤 있거든."

"나도 독방이 낫기는 할 것 같아. 조용하게 소설도 쓰고 말이야."

내 농담에도 우걸은 표정 변화를 보이지 않는다.

"네가 달라 보인다 했더니 여기서 변했구나. 이곳에서 일하려면 변하지 않고는 견디기 힘들겠지. 이곳 사람들이 오죽하겠어!"

"이곳 사람들?"

"방송국에는 내로라하는 학벌과 경제 수준의 사람들이 모여 있는데도 완전 전쟁터였거든. 하물며 이곳에서의 삶이라는 것이……."

"우리와 크게 다르다고 생각할 것 없어. 단지 드러나지 않았을 뿐이지 더 큰 죄를 짓고도 버젓이 바깥에서 살아가는 사람들도 적지 않은데, 여기 사람들은 죄값이라도 제대로 치르잖아. 출소하여 세상으로 돌아가면 우리와 다르지 않게 섞여 살아가잖아."

"왜 이곳에서 일하려고 마음먹은 거야?"

"네가 말하는 우연을 가장해서, 하나님이 철저하게 기획해서 나를 이곳에 데려다놓으신 것이지."

"너를 이곳으로 오게 해서 무얼 하시려고?"

"너를 이곳에 오게 하신 것과 같은 이유지."

"그게 뭔데?"

"두고 보면 알게 될 거야."

한 건물의 입구로 들어가니 다시 입구가 나타났고, 다시 들어가자 어둡고 좁은 복도가 보인다. 양쪽으로 아주 작은 문들이 쭉 닫혀 있다. 죽은 고래의 내장처럼 우중충한 분위기다. 걸어도 발자국 소리조차 울리지 않는다. 우걸이 문 하나를 열어젖힌다. 들여다보니, 작은 독방이 세계의 전부인 풍경이 눈에 들어온다. 한 인간이 거주하는 데 필요한 최소한의 것이 오묘하게 들어 있다. 누우면 발이 닿을 정도의 공간과 작은 변기 하나와 작다고 표현하기에도 작은 창문 하나! 우걸이 포켓에서 철렁거리는 물건을 꺼내 보인다.

"들어가서 체험해봐!"

"이걸 차고 들어가라고?"

"원하면! 특별한 목적으로 교도소 체험을 하러 오는 이들이 있는데, 특히 작가들은 차고 하는 경우가 있어! 할래?"

수갑 체험을 해보고 싶은 생각이 문득 솟았지만, 차기작을 앞두고 재수가 없을 것 같았다.

"몇 분 들어가 있을래? 10분? 한 시간? 원하면 하룻밤 자고 갈 수도 있어."

"5분만 할게. 아니 10분만 할게."

"그럼 들어가."

안으로 들어서는 순간 덜컥, 문이 잠겼다. 소리의 여운이 순식간에 온몸으로 전달되었다. 마음의 준비도 없이 닥친, 예기치 못한 격리였다. 강제로 격리당한 느낌은 감옥의 속성 때문일 것이다. 독방 천장은 너무 낮다. 농구선수라면 아예 구부리고 살아가야 할 높이다.

단절 감정이 지나가자 천천히 작가적 기질이 깨어난다. 눈여겨봐두면 작품에 활용할 수도 있을 것이다. 감옥이 등장하면 작품에 깊이가 생길 것이다. 사용하지 않는 건물이면 오래전에 지어진 건물이다. 열려 있는 작은 창문의 촘촘한 창살 사이로 다른 건물이 보인다. 독방이 편하려니 했는데, 막상 들어와보니 혼자 있기가 쉽지 않겠다. 세월에 의해 그리고 사람의 체온과 손길에 의해 부식된 창살을 보다가 변색한 회벽에 등을 기댄다. 살인하지 않았고, 도둑질하지 않았고, 사기 치지 않았고, 접촉사고는 한 번 있었지만 큰 교통사고를 내지도 않았다. 죄인이 아니니 죄인의 감정을 느끼기가 쉽지 않다. 그러니 하나님을 믿기가 어렵다. 하나님은 인간을 모두 죄인이라고 주장하며 따르라고 하니 말이다.

10분이 제법 길게 느껴진다. 들어올 때, 우걸은 내 휴대폰과 허리띠를 수거해갔다. 분명 10분 후에 알려준다 했으니 시간도 되기 전에 나가겠다고 문을 두드리고 싶지는 않다. 차룽파 이야기를 쓰려면, 도굴꾼이나 국보를 몰래 빼돌려 외국에 비싸게 팔다가 잡혀 들어온 사람에 대한 정보가 필요할 것이다. ……차룽파는, 아니 능아는 어느 날 자기의 놀이터가 파헤쳐지는 것을 보았다. '기차'라는 것이 들어오기 위해서였다. 어머니가 그 안에 묻혀 있다고 믿었던 능아는 놀이터가 뭉개지는 것보다 어머니를 볼 기대감에 휩싸였다. 어머니를 만날 수 있다면 놀이터가 사라지는 것쯤은 견딜 수 있었다. 사실 능아는 어머니가 없기에 다른 아이들처럼 시간을 제대로 보내는 방법을 몰랐다. 어머니가 생긴다면 흙무더기 위에서 혼자 땅벌레들과 시간을 보내지 않아도 되었다. 며칠이 지나자 일본 헌병들과 군인들이 그곳을 에워쌌다. 양복 입은 일본 신사들이 흙무덤을 다녀가더니, 아예 그 주변으로 개미 한 마리도 지나갈 수 없게 차단막이 세워졌다……. 감옥의 10분은 길구나. 독방에서는 시간조차 갇혀 흐르지 못하는구나. 프랑스 시인 보들레르가 하루를 천 년처럼 길게 사는 형벌에 관한 시를 썼는데! 죄짓지 않고 사는 것이 좋겠다.

손수건 크기의 작은 창문으로 강한 여름의 햇살이 스며든다. 햇살조차 철로 만든 격자 사이로 나뉘는 것을 보고 있으려니 가슴이 턱하니 막히면서 격리의 느낌이 압박해온다. 형과 친구들과 세상에 의해 격리당해서 나는 이곳에 감금되었다. 이런 격리는 처음이 아니고, 지금도 진행 중이고, 앞으로도 계속될 것이다. 아무도 살지 않는 이곳에 나를 격리하고 다들 잊어버렸다. 내가 잊히고 있다. 갑자기 조급증이 치솟는다. 우걸이 이놈은 나를 감금하고 사라져버렸다. 이곳은 아무도 살지 않고 비어 있는 건물이라 했는데……. 강철문은 두드려도 소리가 나지 않는다. 소리 나지 않게 만들어졌다. 아무도 나를 찾지 않으면……. 문 열어! 문 열어! 문 안 열어? 다급하게 목소리가 터져나온다. 덜컥 문 쪽에서 묵직한 쇳소리가 났다. 민망하고 머쓱해서 목을 움츠린다. 우걸은 내 속내를 눈치 챘을 것이다. 문이 스르르 열려도, 금방 나가지 못하고 머뭇거리며 할 일이 남은 사람처럼 버틴다. 문 뒤에서 우걸이 모습을 드러냈다.

"보통 10분 이상 있기 싫어하는데…… 아무 말도 안 해서 그냥 놔뒀어. 너는 거의 30분 이상 안에 있었어."

기분이 딱히 좋지 않아 말이 없어진 나를 농장 집에 내려놓은 후, 우걸은 집 앞에 넓게 펼쳐진 밭 가운데로 들어가서 농작물을 두루 살피고 돌아왔다.

"풀이 온통 점령해버렸네."

우걸은 윗옷을 벗더니 엎드리며 등에 물을 끼얹어 달란다. 차가운 지하수를 그의 등에 사정없이 쏟아붓는다. 여자아이 같던 과거의 등이 아니었다. 세월이 키운 골격에 규칙적으로 농사일을 돌본 농부의 근육이 적절하게 붙어 건강해 보였다. 두세 번 물을 끼얹었어도 우걸은 계속 버티듯 엎드려 있다.

"내 등에 비누칠 좀 해줘."

작은 플라스틱 갑에 남은 말라비틀어진 비누를 그의 등에 문지른다.

"등만은 내가 씻을 수 없다. 볼 수 없는 부분은 스스로 잘 씻어낼 수가 없어."

"문학청년이었던 흔적이 아직도 남아 있네!"

우걸의 표현을 드라마 대사에 사용하면 좋을 것 같았다.

"그런가! 난 네가 와서 참 좋아! 같이 시를 읽고 토론하던 생각도 나고……. 저 밭을 봐. 규칙적으로 뽑아주지 않으면 잡초가 채소들을 다 잠식해버리지. 인간의 마음도 그래. 자기 마음을 자주 들여다보고 돌을 골라내고 잡초도 뽑아주지 않으면 소중한 것들이 잠식당해버리지."

우걸의 말이 영혼의 소리처럼 귀를 울린다. 한가로운 시골을 배경으로 대사를 읊조리는 드라마 속의 등장인물 같다. 그는 문학적인 표현도 제법 잘 구사한다. 보조 작가로 안성맞춤이다. 그를 숨은 보조 작가로 사용하자. 자주 그를 만나 그의 생각과 말을 채집하자. 오늘만 해도 교도소 체험이나 밭의 잡풀에 대한 그의 생각이 쓸 만하니 메모해두어야겠다.

"퇴근할 때 잠깐씩 들렀다 가. 풀도 뽑고 해야 하잖아. 나도 종일 글만 쓰면 무료할 것 같기도 하고."

"네가 그렇게 생각한다면 나로서는 기쁜 일이지. 매일 오기는 쉽지 않고, 이삼일에 한 번쯤 들를게. 성경 구절도 읽어봐. 드라마에 도움이 될 거야!"

"아, 혹시 죄수 중에 도굴꾼을 만날 수 있을까?"

"이곳에 그런 사람은 없는데 일단…… 알아볼게."

마루 끝의 토분에 우걸의 눈길이 잠시 머문다. 우리는 주차된 곳까지 말없이 걸어갔다. 핸들을 몇 번 꺾어 방향을 잡더니, 우걸은 다시 오겠다며 사라진다. 들판은 나른하고 고요하다. 잠시라도 매미 떼의 폭포수 같은 울음소리가 멈춘 것이 신기하다.

집으로 돌아와서 마루에 올라서려는데, 마른 나뭇가지가 심긴 화분이 눈길을 사로잡는다. 우걸이 세심한 눈길을 주고 간, 잎사귀를 전혀 달지 않은 나무다. 가지를 쳐주어 줄기만 막대기처럼 남아 볼품이 없다. 정성을 들여 자리도 옮겨주고 가지도 쳐주었는데, 우걸의 정성으로도 살리지 못한 나무이지 싶다.

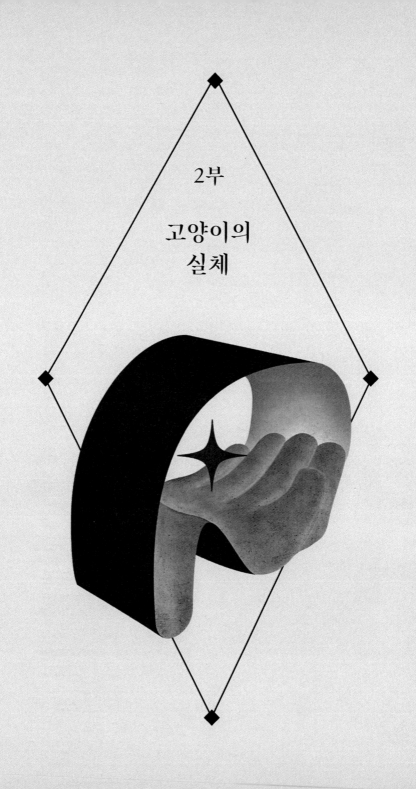

2부

고양이의
실체

고양이의 실체

만우가 행선지를 청송으로 정한 것은 천우를 보기 위해서가 아니었다. 시시때때로 우걸은 만우에게 전화를 걸어왔다. 형제의 화해를 주선하고 싶어서였다. 화해는 어려울지라도 우걸을 통해 천우에게 전하고 싶은 말이 있다. 천우는 재산증여 문제로 일부러 아버지의 죽음을 늦게 알렸다고 생각하고 있을 것이다. 만우는 다른 건 몰라도 그 부분만은 동생의 오해가 없었으면 싶다. 서로 연을 끊고 산다 해도, 동생이 그런 생각을 품고 살아가게 하고 싶지는 않다.

또, 왕릉에서 내려서는 사람이 유령으로 보였노라고 설명하고 이해를 구하고 싶다. 천우 입장으로 생각해보니, 경주에 오고도 집에 들어가지 못해 서성대는데 형이 자기를 본 것이었다. 어린 애도 아니고 옛무덤 위에 남몰래 올라갔다가 형의 눈에 띄었으니 겸연쩍었을 것이다. 그런 자신을 못 본 척 버리고 도망가는 형의 뒷모습을 보며 처참했을 것이다. 수년 만에 나타난 동생이 다시 집을 나간 것은 만우 자신 때문이었다. 동생이 집을 나가던 날, 아버지는 처음으로 눈물을 보이셨다.

"너에게 동생과 모든 것을 맡기려 했는데……."

당시에 만우는 동생을 맡지 않은 것을 다행으로 여겼다. 그러나 시간이 지날수록 아버지의 가슴에 대못을 박았다는 후회가 해일처럼 덮쳤다. 동생은 아버지의 긍지였다. 열정을 지탱해주던 근원이었다. 천우가 가출하자 아버지는 급속도로 쇠약해지셨다. 비록 기다리다 지쳐 화가 났다 해도, 먼저 동생의 귀환을 기뻐하는 것이 순서였다. 꾸짖고 나무라는 것은 나중에 해도 되었다. 아버지가 아무 일 없었던 것처럼 반기고 상다리가 휘도록 차려 천우에게 먹이고 사진첩까지 줘버리는 모습에 분별력을 잃고 눈이 돌아가버렸다. 그 점은 두고두고 후회스럽다. 결혼해서 아들을 둔 아버지가 되고 보니, 만우는 아버지의 마음을 알 것 같았다. 아버지는 아들이 돌아왔다는 사실 하나만으로 충분했다. 아버지는 백 번이고 천 번이고 반기고 좋은 것으로 주린 배를 채워주고 싶었을 것이다. 남루 대신 귀한 옷을 입히고 싶은 그 마음을 그때는 왜 몰랐을까. 눈물을 흘리시던 아버지 모습을 떠올릴 때마다 가슴이 미어졌다. 세월이 흐른 지금도 그 생각을 하며 가슴을 친다.

그리고 또 한 가지, 정말 풀고 싶은 오해는…… 거짓말에 관한 것이다. 우걸의 전화를 받고 생각에 잠겨 있는데, 아들 정빈이 스윽 자신의 공책을 눈앞에 디밀었다. 평소 그가 도와주는 과목이 아니었다. 그는 산수 과목을 봐주고 나머지 공부는 아내가 맡고 있었다. 아들의 싱글벙글한 얼굴과 공책을 번갈아 보다가 공책을 집어 들었다. 내용은 이러했다.

고양이

아버지가 고양이를 사오셨다
만져보니 등이 매끈한 털실뭉치다

아버지가 고양이를 사오셨다
두 눈이 파란 단추들이다

아버지가 고양이를 사오셨다
소리도 내지 않고 걸어다닌다
없는 것처럼

그래서, 아버지는 고양이를 사오지 않으셨다.

    정빈은 최근 고양이를 갖고 싶어서 안달했다. 몇 번이나 간청했으나 그는 집 안에 털 날리는 짐승을 두고 싶지 않아 단호하게 거절했다. 왜 이런 글을 썼느냐고 물었더니, 학교에서 내준 숙제였다고 했다. 선생님이 친구들 앞에서 자신의 시를 매우 칭찬했기에 아버지에게도 보여주고 싶었다고 말했다. 그는 아들의 숙제를 물끄러미 쳐다보았다. 시 숙제……. 아버지가 사 온 고양이의 등이 털실뭉치처럼 부드럽고 눈이 파란 단추 같고, 그 고양이는 소리도 내지 않고 걸어다닌다. 아버지가 사 온 고양이는 사 오지 않은 고양이다. 정빈이 하고 싶은 말의 의미가 고스란히 이해되면서, 갑자기 천우의 아이스크림에 대한 시가 떠올랐다. 아버지는 아이스크림에 설탕이 너무 많이 들어 몸에 좋지 않다며 형제에게 먹지 말라고 하셨다. 만우는 동생의 마음이 비로소 이해되었다. 묵직한 통증이 가슴을 쓸고 지나갔다. 고양이를 키우고 싶어 하는 아들을 거짓말쟁이라고 몰아세운 것이나 다름없었다. 시는…… 마음을 옮겨 적는 것이구나. 현실 그대로를 쓰는 것이 아니라 소망하는 마음을 쓰는 것이었다. 정빈은 그의 표정을 살피다가 찢어진 공책 뒷면에 풀을 문질러대더니, 고양이 시를 벽에 떡하니 붙여놓았다.

그리고…… 천우가 아니라 우걸과 꼭 나누어보고 싶은 이야기가 있다. 아버지의 죽음이 석연치가 않았다. 아버지는 청송에서 우걸을 만나고 돌아오다가 교통사고를 당했다. 왜 우걸을 만나러 청송까지 가셨을까. 그것도 한두 번도 아니고 여러 번 갔던 것 같았다. 아버지가 돌아가셨을 때 만우는 우걸과 아버지 빈소를 지켰다. 우걸은 만우보다 더 많이 울었다. 빈소에서 밤에 단둘이 나눴던 이야기를 종합해보면, 아버지는 최소 세 번 이상 청송에 다녀오신 듯했다. 천우의 소식이 궁금해서, 그리고 천우를 부탁하기 위해서였다고 들었다. 아버지의 일련의 행동을 그 이유 하나로 뭉쳐버리기에는 고개가 갸웃거려졌다. 천우의 행방을 알아보기 위해서라면 전화만으로도 충분했기 때문이다. 아버지가 병원에서 남긴 말을 간호사로부터 전해 들었을 때도 그 느닷없는 말을 헤아릴 수가 없었다. 우걸에게 확인해볼 참이다.

만우는 최근 아버지에게 다른 재산이 있을 수도 있음을 알게 되었다. 아버지는 가방끈이 짧았지만, 오랜 세월 폐지나 재활용품을 모으셨고 그 과정에서 제법 역사적 가치가 있는 유물을 손에 넣곤 하셨다.

막연했던 사실은 며칠 전에 찾아온 골동품점 주인을 통해 좀 더 뚜렷해졌다. 지나던 길에 들렀다던 그는 만우의 아버지가 세상을 떠난 것을 모른 채였다. 그는 만우에게 좋은 물건을 찾으면 가져오라면서 아버지가 물건 알아보는 안목이 있었으니 상당한 유산을 남겼으리라 넌지시 물었다. 만우는 전혀 모르는 사실이었다. 아버지의 통장 거래 내역이나 부동산 거래 내역에도 만우가 아는 것 외의 다른 무엇은 잡히질 않았다. 몰래 동생을 지원한 흔적도 없었다. 우걸에게 돈을 보낸 흔적도 당연히 없었다. 아버지가 몰래 돈을 우걸에게 맡겼다면, 우걸이 천우에게 전달했을 것이다. 그랬다면, 지금처럼 형제의 만남을 주선하려 하지 않을 것이다. 도리어 들통날까봐 피했을 가능성이 높다. 굳이 유산 문제를 입에 담아 집과 고물상을 문제 삼을 필요는 없겠다.

시외버스터미널을 지날 무렵, 만우는 우걸에게 전화했다. 우걸은 예전과 다름없이 반가운 목소리로 15분 후에 뵙겠다며 만날 장소를 설명해주었다. 동생처럼 달려나와 주는 사람이 고맙지만, 동생이 달려나와주지 않는 처지가 가슴 아프다. 동생과 자신 사이에 가로막힌 벽 때문에 늘 가슴이 답답했고, 그 벽을 동생이 세웠다고 만우는 생각해왔다. 그러나 아이스크림을 먹고 싶어 하는 동생의 마음조차 이해하지 못한 속 좁은 형이었다고 생각하니 다시 울컥 올라온다. 동생에게 마음을 전하러 왔다고 생각하면 시를 쓰러 온 사람이 된 것 같다. 우걸을 통해 전달될 시. 만약 그가 동생을 보려 한다면 동생도 그를 보려고 할지……. 출발할 때만 해도 만우는 우걸만 만나고 돌아갈 작정이었다. 그런데 청송으로 달려오는 동안, 동생이 측은하고, 동생에게 형 노릇을 제대로 하지 못한 시간이 깊이 뉘우쳐졌다. 동생이 원한다면 한번 보고 돌아가야겠다는 생각이 슬며시 고개를 든다.

큰길을 벗어나자마자 수령이 수백 년은 됨직한 아름드리 느티나무
가 보였다. 우걸이 먼저 와서 기다리고 있었다. 그를 보니 삐걱거리던
마음의 작동이 느긋해진다. 아버지가 우걸을 신뢰한 이유를 알 것 같
다. 우걸이 말만 잘 전해주면 동생과의 오해가 생각보다 쉽게 풀어질
수 있을 것이다. 우걸을 썩 좋아하지 않지만 적어도 천우에게 형의 말
을 나쁘게 전하지는 않을 것이라는 믿음이 찾아들었다. 안도감이 들자
술이 식도를 타고 내려갈 때처럼 따뜻한 기운이 퍼진다. 우걸은 사람의
마음에 온기를 불어넣을 수 있는 사람이라는 생각에 코가 시큰거린다.

차에서 내려서자, 우걸은 환한 미소를 담고 한달음에 달려온다. 고등
학생일 때 지나치게 말랐던 기억 때문인지 조금 살이 오른 얼굴이 세
월을 느끼게 한다. 갑자기 할 말을 찾지 못해 서로 손을 잡고 입을 달
싹거리다가 다급하게 우걸이 찾아낸 말은 어디로 옮겨가서 우선 식사
를 하자는 것이었다. 각자 차에 시동을 걸었다. 그는 우걸이 이끄는 대
로 따라갔다. 천우에게 저런 친구가 있는 것이 다행이고, 부러웠다. 자
꾸 코끝이 시큰거린다. 우걸이 차를 세운 곳은 도토리묵 음식점 앞이
다. 아, 우걸은 그가 묵을 좋아한다는 것을 아직도 잊지 않고 있었던 모
양이다. 동생이 간장게장을 맛있게 먹던 기억이 떠오른다.

"잘 찾아오시는데요. 여기까지 운전해 오시는 것 보니 훌륭한 드라
이버십니다."

"몇 년 고물을 찾아 헤매다 보니, 이제 고객이 부르면 즉각 달려가야
하거든. 경쟁이 많아져서 느긋하면 다 놓치기도 하고."

"옛날부터 형님은 느긋해 보일 뿐, 움직임이 빠른 분이셨어요. 제가

천우와 놀고 있으면 모른 척 내버려뒀다가도 둘이 헤어질 때쯤 되면 어김없이 나타나셔서 잘 가라고 배웅을 해주셨습니다. 그것이 항상 고마웠어요."

"그랬어? 난 기억이 없는데……. 떠나시는 손님에게 인사하는 버릇 때문에 그랬겠지. 흐흐."

"그럼 배웅할 때마다, 또 오너라 한 것도 그런 뜻이셨습니까?"

"자네가 천우랑 같이 놀아줘야 내가 일도 할 수 있었고…… 자유로워지기도 하고……. 그런데 내가 묵밥 좋아하는 것을 아직도 기억하고 있구먼. 나는 자네가 무엇을 좋아하는지도 모르는데."

"저는 무엇이든지 잘 먹습니다. 이렇게 형님하고 먹는 음식이 참 좋네요. 저는 형제도 없이 외롭게 컸잖습니까. 형님과 천우가 없었으면 아예 형제애를 모르고 컸을 겁니다."

"형제애는 무슨……. 천우와 연락도 취하지 못하고 이런 꼴로 사는 걸."

"다시 회복하시면 됩니다."

"쉬운 일이 아니네. 내가 온 것은 그렇게 여러 번 전화한 연유가 무엇인가 궁금하기도 하고, 또 천우에게 전해줬으면 하는 말도 있고……."

"천우를 보고 가셔야지요. 여기까지 오셨는데……."

"내가 오는 것을 천우가 알고 있나?"

"아뇨. 아직은 모릅니다."

"그럼 굳이 볼 필요는 없지. 동생에게 몇 마디 전해주면 좋겠는데, 그러니까 천우와 내가 이렇게 된 데는 몇 가지 오해가…… 있어서 말이지."

"직접 이야기하시라고 오시게 한 겁니다. 괜찮으시다면 천우와 함께 하룻밤 주무시고 가십시오."

"천우는 지금 어디에 머물고 있나?"

"드라마를 쓸 조용한 집을 찾기에, 제 농장에 딸린 작은 집을 쓰라고 했습니다. 두 분이 여행 오신 셈 치고, 그곳에서 하룻밤 묵으시면서 회포를 풀면 어떻겠습니까?"

"자네가 군이 이렇게까지 우리를 만나게 하려는 이유가 뭔가?"

"아버님이 두 분을 위해 부탁하신 것이 있습니다. 지금은 말씀드리지 못합니다. 두 분이 같이 하룻밤을 주무시고 나면, 말씀드리겠습니다."

"무슨 사연인가? 아버님이 우리를 위해 자네에게 부탁한 것이라고?"

"예, 그렇습니다."

"그럼 왜 진작 말하지 않았나? 아버지 조문객을 맞으며 밤을 같이 보낼 때도 이야기할 수 있었을 텐데. 혹시 내 집과 고물상에 관한 것인가?"

"아닙니다. 그것은 아버님이 형님께 남기신 유산이 맞습니다. 그 부분은 변함이 없습니다. 아버님은 우선 두 분이 서로 얼굴을 맞대고 오해를 풀기를 바라셨습니다. 천우와 하룻밤 같이 지내시면 좋겠습니다. 어렵사리 오셨는데 바로 돌아가실 수는 없잖습니까. 두 분이 화해하시는 날 전하라고 당부하신 말씀이 있습니다."

"자네 어려운 부탁을 하는구면."

만우는 시간이 흐를수록 우걸과 보내는 시간이 유쾌하게 느껴져 주름졌던 마음이 펴지는 느낌이다. 우걸이 중간에서 다리만 놓아준다면 화해도 어렵지 않을 것 같다. 쉽지 않은 기회를 어리석게 놓쳐서도 아니 될 것이다. 그는 묵묵하게 묵을 먹으며 우걸의 의도대로 따라보자고 마음을 굳혔다.

"천우가 그렇게 하겠다고만 하면 그래보지 뭐. 어린애들도 아니고 여기까지 와서 그냥 돌아가는 것도 말이 안 되지. 자네 보기 민망해서라도 그리하겠네."

만우는 우걸의 얼굴에서 환하게 기쁨이 올라오는 것을 보니 가슴이 저민다.

손가락의 예언

딱 한 번 외국 여행을 간 곳이 일본이었다. 몇 군데 박물관을 둘러보면서 실망스러운 상황과 맞닥뜨리게 되었다. 세계 어느 박물관에건 금관 하나쯤은 전시되어 있을 줄 알았는데, 뜻밖에도 그 당연한 생각에 구멍이 났다. 일본의 박물관에서는 금관을 찾아볼 수 없었다. 창업 아이디어를 찾자는 유혹에 따라나섰던 일본 여행에서 내가 얻어 돌아온 것은 생각지도 못한 우리나라 금관에 대한 관심이었다.

귀국해서 재차 확인하는 과정에서 여태 몰랐던 사실을 알게 되었다. 청동이나 구리로 틀을 만들고 금으로 도금한 금동관은 많아도 금관은 흔치 않았다. 지구상에 현존하는 금관은 열세 개뿐으로 그 중 우리나라에서 아홉 개가 발굴되었고 현재 여덟 개를 보유하고 있었다. 우리나라에서 금관이 하나 더 발굴되었다는데 확실치는 않았다. 경주에 살면서도 역사에 제대로 관심을 가져본 것은 처음이었다. 금관에 얽힌 이야기를 언젠가 글에 담아야겠다는 꿈을 품게 된 것도 그때부터였다.

경주 금관들은 일제강점기에 일제에 의해 파혜쳐져서 세상에 나왔다. 최초의 금관은 금관총에서, 두 번째 금관은 금령총에서 발굴되었다. 내 드라마의 소재는 세 번째인 서봉총에서 발굴된 금관이다. 서봉총 금관에 관한 기이한 행적은 부산일보 기사를 통해 알려졌다. 1935년 9월, 평양박물관은 제1회 고적 애호일을 기념하는 특별전을 열었다. 당시 평양박물관장은 서봉총 발굴에 참여했던 고고학자이기도 했다. 조선총독부가 공개를 꺼려했던 서봉총 유물을 평양까지 빌려왔으니 자부심이 하늘을 찔렀다. 국보급 유물을 보려고 평양의 유지들과 학생들이 구름처럼 몰려들어 행사는 성황리에 진행되었다. 성공적인 행사를 자축하기 위해, 유물을 반환하기 하루 전날 축하 연회가 열렸다. 참여한 기관장들의 흥을 돋우기 위해 평양의 유명한 기생들을 불러 모았고, 그때 치욕적인 일이 벌어졌다…….

오늘 아침 갑자기 경주로 방향을 잡게 된 것은…… 성경으로 도배된 방에서 눈을 떴을 때 시야에 들어오는 부분이 있었기 때문이다. 〈다니엘〉 부분이었는데, 쭉 읽다 보니 유대 민족이 바벨론 제국에 점령당해 포로로 끌려가서 겪는 이야기였다. 바벨론 제국의 벨사살 왕이 성대한 연회를 여는 부분이 나왔다. 평양박물관장의 끔찍한 연회에 꽂혀 있던 나는, 벨사살 왕의 연회를 주의 깊게 읽어보게 되었다. 당시 유대와 바벨론 제국과의 관계는 일제강점기의 조선과 일본의 관계와 유사해서 빨려들듯 읽어나갔다. 벨사살 왕은 일천 명을 위한 연회를 열면서, 특별한 것을 준비시켰다. 연회 술잔으로는 부친 선왕이 유대 땅을 점령했을 때 가지고 온 금은 그릇들을 사용케 하였다. 특히 예루살렘 성소에서 탈취해온 금잔으로 왕후와 빈궁들을 마시게 했다. 바벨론 제국이나 일본 제국이나 점령한 국가의 영혼을 유린하기 위해 연회를 이용한 것이 흥미로웠다. 벨사살 왕 이야기를 드라마에 넣으면 좋은 양념거리가 될 것 같아서 형광펜으로 표시를 해 가면서 읽어나갔다. 벽에 달라붙어 성경 구절들을 읽고 있으려니, 갑자기 경주에 가봐야겠다는 마음이 생겼다. 차릉파 이야기가 드라마적인 요소를 갖춘 좋은 소재지만 정말 나의 마지막 실험의 소재가 될 수 있을까 망설여졌는데, 순간 확신이 섰던 것이다.

다음 부분이 더 흥미진진했다. 벨사살 왕이 금은 기물들로 유대 민족의 혼을 마음껏 농락하고 있을 때, 벽에 사람의 손가락이 나타났다. 왕궁의 촛대 맞은편 회벽에 손가락이 글자를 쓰기 시작한 것이다. 벨사살 왕은 질급했다. 얼굴빛이 변했고 허벅지를 떨며 연회를 멈췄다. 그는 예언자와 점쟁이들을 불러들여 그 글자의 의미를 물었지만 아무도 해석하지 못했다. 그런데 포로로 잡혀온 유대 사람 중에 다니엘이라는 자가 있었다. 벨사살 왕은 선왕의 재위 시절에 꿈 해몽을 도왔던 다니엘 이야기를 듣고 그를 불러 해석을 명했다. 다니엘은 벽에 기록된 글자 '메네 메네 데겔 우바르신'을 통해 무서운 예언을 했다. 하나님이 이미 왕의 시대를 끝나게 하셨다는 것이다. 그날 밤에 벨사살 왕은 죽었고, 그곳에 다른 나라가 들어섰다.

벨사살 왕의 스토리는 황당할 정도로 급작스럽게 끝났다. 드라마도 극적으로 구성하기 위해 과장하고 변개하지만, 나라가 멸망하고 새 나라가 들어서는 과정이 이렇게 단순하게 그리고 단숨에 가능했겠는가. 성경이 역사라는 주장이 설득력을 잃는 대목이었다. 그런데 바벨론 왕국의 역사 자료를 뒤져보니 바벨론 제국이 메대 바사 제국에 의해 점령당할 때 연회가 열리고 있었다는 기록이 남아 있었다. 하루만에 나라가 바뀐 것이 사실이라면, 그 시절의 신의 심판은 너무나 즉각적이고 단호했던 셈이다. 신의 심판처럼 즉각 실현! 나도 즉각 무엇인가를 해야겠다는 마음이 동했다. 그때 서봉총을 방문해야겠다는 생각이 들었다. 현장을 보면 영감이 더 구체화될 것 같기도 하고 벨사살 왕의 이야기와 차릉파 이야기가 비슷한 구석이 있어서 계시처럼 느껴지기도 했다.

경주는 많이 변했다. 겉으로 보면 깨끗하고 근사해졌다. 경주의 지붕들은 회색 기와 물결을 이루고 있다. 새로 기와를 얹은 고택 형태의 집들은 전부 신택이고, 그것도 무리 지어 개축되었다. 서봉총 방향으로 이동 중인데 휴대폰의 진동이 울린다. 아침에 갑자기 경주로 출발했기에 우걸에게 알리지 않았다. 진동은 여느 때와 다르게 상당히 길게 울린다. 경주에 왔다고 말하면 반응은 뻔하다. 반드시 형에게 들르라고 닦달할 것이다. 형을 만날 생각은 눈곱만치도 없고, 외려 형과 맞닥뜨리게 될까봐 주변을 둘러보게 된다. 경주에 왔는데도 형을 만나지 않고 돌아간다면 우걸은 실망할 것이다. 휴대폰이 고집스럽게 몸을 떨어대다가 뚝 멈춘다.

버스에서 내리자 서봉총 방향을 가리키는 황리단길 팻말이 보인다. 기억 속의 옛길 그대로 걸어간다.

이곳인데…… 아, 이게 뭐지? 서봉총이 있던 곳에 휑한 빈 터만이 남았다. 분명 잘못 찾아온 것은 아니다. 높다랗게 설치된 철망에 얼굴을 대고 안쪽의 빈터를 보니 황토와 흙을 실어낸 차바퀴 흔적이 뚜렷하다. 방치된 땅은 분명 아니다. 마치 아파트를 짓기 위해 땅을 갈무리해 놓은 상태 같다. 골프 연습장처럼 높은 철망으로 구별해 놓은 땅은 분명 서봉총이 있던 자리인데, 서봉총은 사라지고 흔적도 보이질 않는다. 왕릉 복원공사를 위해 사람들이 다치지 않도록 가벽을 세우는 경우는 가끔 보아왔다. 그러나 지금처럼 완전히 제거해버리는 경우는 드물었다. 이런 일은 경주에 살면서도 처음 보는 일이다. 철망을 따라 걷다 보니 작은 팻말 하나가 시야에 들어온다.

'서봉총 개수 공사를 위해 일시 철거했으니 이해 바랍니다.'

순간, 앞이 부옇게 변하면서 한 자락 안개가 몸안으로 휘돌아 들어온다. 어지럼증에 철망을 부여잡는다. 이 안개가 영혼의 일종이라면 착한 영혼은 아니었다. 몽롱한 침입자는 내 장기들이 위치를 바꾸어 중심을 잃을 때까지 몸속을 헤집고 다녔다. 몇 번 겪다 보니, 이 증상이 어떤 상황에서 찾아오는지 유추할 수 있게 되었다. 객관적인 지식과 정보를 총동원한 상태에서 그 실체를 눈으로 확인하려 할 때, 그런데 실체를 볼 수 없을 때였다. 지식과 정보로는 확실한데, 현실이 전혀 달라 양쪽을 연결할 수 없을 때 이런 증상이 일어났다. 이럴 때는 주변이 전혀 다른 상태로 인식된다. 마치 내가 죽어서 다른 세상을 보는 것 같은 느낌이다.

다 어디로 사라져버린 것일까. 내가 보고 내가 믿었던 것들은 다 어디로 가버렸을까. 나는 철망을 의지하면서 어렵사리 발걸음을 옮긴다. 흙바닥을 내려다보며 걸으니 사방이 조금씩 선명해진다. 어릴 때 본 세상은 아름답고 매일 매일…… 신기한 일로 그득했었다. 흙바닥에 꼬물꼬물 기어가는 개미가, 그 작은 생명체조차 그렇게 신기할 수가 없었다. 내 엄지손가락 위에서 마치 거대한 절벽 끝에 선 것처럼 어쩔 줄 몰라 하던 생명체를 보고 있으면 눈물이 나왔다. 제 시야에 나를 담을 수조차 없는 개미! 역으로 내가 개미처럼 보일 만큼 거대한 존재가 나의 시야 밖에서 나를 쳐다보고 있을 것이라고 여겼다. 하늘 위에서 나를 손가락 같은 벼랑 위에 세우고 웃으며 혹은 애처로워하며 나를 내려다보고 있을까, 그런 존재를 혹여 감지할 수 있을까 하여 하늘을 쳐다보곤 했다. 걸을 때는 땅을 보고 걸어야 넘어지지 않는다고 형이 말하곤 했다. 나는 아버지께 망원경을 사달라고 조르기도 했다. 개미라면 내 발자국 소리가 천둥처럼 들릴 것 같았다. 천둥이나 번개가 치거나 비가 오면 그 거대한 존재를 느껴보려고 눈을 감고 집중하며 앉아 있곤 했다. 그런 나의 행동을 아버지나 형은 탐탁지 않게 생각했다. 내 생각을 이해하는 사람은 우걸이 유일했다.

"너무 커서 보이지 않는 것이 아니야. 우리 같은 몸이 아니라 다른 형태로 되어 있을 거야. 그래야 우주 전체에 걸쳐 있을 수 있잖아."

나는 우주 전체에 걸쳐 있을 거대한 존재를 오랫동안 믿었다. 엿가락처럼 늘어진 형태로 우주에 걸쳐 있는 모습을 상상하면 웃음을 멈출 수가 없었다. 어떤 때는 수천 개의 다리로 우주 위에 걸쳐 있는 모습도 상상해보았다. 우주에 걸쳐 있는 거대한 존재를 이야기했을 때, 형은 내가 이상한 것 같다고 아버지에게 일러바쳤다. 아버지는 알 듯 말 듯 고개를 끄덕였다. 형은 늦게까지 놀고 들어와서는 엉뚱한 이야기나 지어낸다고 하며 못마땅한 기색을 보였다. 형은 그런 이야기는 다른 사람에게는 절대 하지 말라고 했다. 왜냐고 물어보면, 고개를 흔들 뿐이었다. 한여름 지열이 서봉총 빈터에서 후끈후끈 올라오고 있는 것이 철망 사이로 보였다.

어떤 의미에서 형의 말이 맞았다. 어릴 적, 내가 보고 들은 것을 이야기하면 친구들은 이해하지 못했다. 가령, 물이 흘러가면서 바닥의 자갈이나 돌멩이를 건드려 아름다운 소리를 내니 시냇물 건반이라고 말하면 무슨 소리냐며, 그것은 그냥 시냇물 소리일 뿐이라고 했다. 사람들은 내가 말을 이상하게 한다고 했다. 눈앞의 흐릿함이 천천히 걷히면서 시야가 선명해진다. 철망에서 손을 떼고 아무 방향으로나 걷는다. 나는 점점 내가 보는 것과 믿는 것에 대한 확신을 잃어가고 있었다. 말만 하면 어김없이 형이 혼을 냈다. 처음에는 핀잔을 주더니, 어느 순간부터 거짓말을 한다고 나무랐다. 아버지는 형의 말에 긍정도 부정도 하지 않았다. 철이 들면 괜찮아질 것이라고 했다. 나는 결코 거짓말을 한 적이 없었기에, 형을 관대하게 용서할 수밖에 없었다. 단지 개미가 나를 보지 못하듯 형도 내가 보는 것을 보지 못한다고 여겼다.

한번은 친구들이 우리 집에 놀러왔다. 우리 고물상 포클레인을 구경하기 위해서였다. 출발은 매우 즐거웠으나, 그날따라 포클레인이 수리 때문에 나가고 없었다. 포클레인을 포함한 중장비 등을 운영하는 사업체를 상상했던 친구들은 고물만 수북한 집을 보고 서로 눈짓을 해댔다. 갑자기 들이닥친 아들의 친구들 때문에 아버지는 당황한 듯싶었다. 아버지는 수박도 내오고 옥수수도 내오고 피자도 배달시켜 주셨다. 아버지가 음식을 나르는 모습이 낯설었는지, 동우가 어머니는 어디 계시는지 물었고, 한 친구가 동우를 쿡 찔렀다. 그러나 동우는 대답 듣기를 포기할 생각이 없었다. 동우는 내가 어머니가 시장에서 아이스크림을 사서 가지고 온 이야기를 했다고 말했다. 두 시간이나 걸어서 시장에서 아이스크림을 사다 주셨다고. 아버지가 시장에서 아이스크림을 사서 가지고 오는 시를 쓴 적은 있어도, 어머니라고 쓴 적은 없었다. 순간 형의 날카로운 눈빛에 질려 본의 아니게 내 변호를 하며 말했다.

"거짓말!"

친구들은 일제히 동우에게 시선을 돌렸다. 동우는 입에 아주 여유 있는 미소를 띠더니 막 들어선 아버지와 이미 듣고 있던 형에게 들으라는 듯이 말했다.

"누가 거짓말을 했어? 오늘도 포클레인이 있을 거라고 해놓고. 거짓말한 사람은 너잖아."

동우의 말에 여태 가만히 있던 친구까지 고개를 끄덕였다. 나는 물러설 곳이 없어서 용기를 내어 말했다.

"아버지가 아이스크림을 사 온다고 했지 어머니가 사 온다고 하지 않았어."

친구들 앞에서 살아 계시지도 않은 '어머니'라는 단어를 입에 담아 본 적이 없었다. 어머니가 아이스크림을 사 왔다고는 실수로라도 말했을 가능성이 없었다. 확신이 서자 동우를 쩨려보았다. 아이들은 피자를 슬그머니 손에서 놓았다. 집에 가야 한다는 둥 그리고 숙제를 해야 한다는 둥 모르는 척했다. 친구들은 아버지와 형이 안절부절못하는 모습을 보았을 것이다. 그때 누군가 동우 편을 들고 나섰다.

"맞아! 포클레인은커녕 포크도 없네. 거짓말쟁이!"

아무도 나를 위해 변호해주지 않았다. 형도 심지어 아버지도. 다른 날에는 형이 내 거짓말을 탓해도 당당했다. 형이 내가 보는 것을 보지 못했기에 안타까웠을 뿐이다. 그런데 그날은 왠지 내가 떳떳하지 않았다. 내가 거짓말을 해서가 아니라, 아버지와 형이 내 친구들 앞에서 떳떳해하지 않는다고 느꼈기 때문이다. 나는 처음으로 내가 아버지와 형을 괴롭힌다는 사실을 알게 되었다. 나에게 하지 말라고 한 말을 계속한 대가를 두고두고 치러야 했다. 내 별명은 고물장수나 거짓말쟁이로 변했다. 죽은 어머니를 살아 계신 것처럼 거짓말했다는 소문도 돌았다. 한 친구의 어머니는 나와 놀지 말라고 했다고 들었다. 거짓말쟁이로 판명 난 나는 아버지와 형 앞에서까지 말을 잃어갔다. 무슨 말이 거짓말이 아닌지 알 수가 없었다.

나는 아버지와 형이 부끄럽지 않게 새로 말을 배워나가야 했다. 중학교에 진학해서는 아예 시를 다른 이들에게 보여주지 않았다. 겉으로는 다른 사람들처럼 말하려고 애썼다. 사람들 앞에서 해야 하는 말과 나 자신에게만 해야 하는 말을 구분하자 내 안에 두 사람이 살기 시작했다. 그러다가 나와 비슷한 사람들을 알게 된 것이 그나마 다행이었다. 문예창작과에서 시를 쓰는 사람들이었다. 나는 아버지와 형을 떠나 서울로 갔다. 서울에서 시를 배웠다. 내가 알고 있는 언어와 비슷하기도 하고 또 전혀 다르기도 했지만, 그래도 그곳은 살아가기가 수월했다. 내가 시냇물 건반 이야기를 하면 대학 친구들은 매우 잘 이해했다. 하지만 그들은 나의 생각이 너무 유아적이라고 말했다.

나는 문예창작과에서 배운 대로 시인이 되려고 했다. 처음 응모한 시는 신춘문예에서 낙선했다. 매해 여러 신문사의 등용문에서 탈락을 거듭하면서 대학을 졸업했다. 백수로 머물다가 친구와 동업하려고 아버지에게 거금을 받았다. 그 돈을 친구에게 투자했다. 세상의 언어로만 살아가야 하는 영역으로 뛰어들었다. 그러나 이 사건으로 나는 나의 행동에 대해서도 믿을 수가 없게 되어버렸다. 친구들은 내가 돈을 빌려준 적이 없다고 한결같이 말했기 때문이다. 그들은 보지도 않고 그렇게 판단했다. 그 이유를 물으니, 객관적인 자료가 그렇다는 것이다. 내가 돈을 주는 것을 본 사람이 아무도 없으며, 그렇게 큰 거금을 아무런 영수증 없이 줄 수가 없으며, 그렇게 큰돈을 아버지가 줄 수가 없으며, 설령 그 돈을 아버지가 주었다 해도 아버지이기에 증인이 될 수 없다고 했다. 그 사건으로 돈도 우정도 가족도 다 잃었다. 나는 추락했고 무엇인가에 매달리지 않으면 살아갈 수 없었다. 객관적인 사실이 무엇인가를 고민하지 않을 수 없게 되었다. 나는 페르시아 시인 루미의 뜻을 따랐다.

  눈먼 자들의 시장에서 거울을 팔지 말라
  귀먹은 자들의 시장에서 시를 낭송하지 말라

  정보와 객관적인 지식에 탐닉하기 시작한 것은 그때부터였다. 무슨 자료건 출처를 밝히면 아무도 의심하지 않았다. 객관적인 데이터에 의존하면서부터 나는 어른이 되어갔다. 나는 내 언어와 내가 보는 세상을 사람들에게 함부로 공개하지 않기로 작정했다. 눈에 보이지 않는 거대한 존재도, 벽을 통과하거나 어둠 속을 볼 수 있는 존재도 더는 입에 올리지 않았다. 이분된 내 속의 한쪽에서 세상의 언어가 자랐다.

하지만 여전히 다른 한쪽에 있는 시가 내 존재의 이유였다. 시를 버린 것처럼 보인 것은 전략일 뿐이다. 귀먹은 자들에게 시를 낭송하는 수고를 멈춘 것이다. 술집 낙서판에서 보았던 그 당돌한 문구가 떠오른다. 귀먹은 자에게 시를 낭송하기는커녕 가서 귀를 봉해버리라고 하지 않던가. 나는 그 작업을 진행하고 있다. 나는 시를 모르는 세상 사람들의 눈과 귀를 드라마로 막아버리려고 방송국에 들어간 것이다.

그렇지만 한 사람만은 달랐다. 우걸은 한 번도 나를 거짓말쟁이라고 생각하지 않았고, 그래서 형 말대로 우걸 때문에 나는 더 거짓말쟁이가 되었다. 더 괘씸한 것은 나와 같은 생각을 하면서도 우걸은 누구에게도 거짓말쟁이로 여겨지지 않았다는 것이다. 그는 사람들에게 사랑받았다. 그 이유를 파악하지 못한 상태에서 그와 멀어졌다. 그러나 완전한 결별은 아니라는 것을 둘 다 알고 있었다. 10년 이상 지속해온 운명적인 싸움이 아직 끝나지 않았기 때문이다. 우리는 우여곡절 끝에 다시 승패를 겨루게 되었다. 모든 싸움에는 세트포인트가 있다. 한 포인트만 더 얻으면 승자가 결정되는 경기다. 휴대폰에 문자가 들어왔다.

"어디 갔냐? 연락해주라."

내가 경주에 왔다고 하면 우걸은 형을 먼저 떠올릴 것이다. 이런 상태로 형을 만날 수는 더더욱 없다. 나의 기억의 저장고에는 서봉총 이미지들이 거의 훼손 없이 보관되어 있고, 필요한 사진이나 관련 자료들도 충분히 찾을 수 있다. 서봉총을 직접 눈으로 보고 얻을 것이라곤 내 정서적 확인뿐이다. 보지 못했다고 글을 쓰지 못하는 것은 아니다.

갑자기 경주에 오게 된 이유를 돌이켜본다. 아침에 눈을 떴을 때 시야에 들어왔던 성경 구절 때문이었다. 성경의 언어는 인간에게는 막다른 글쓰기다. 한 글자도 한 획도 함부로 바꾸지 말라고 했다. 그런 전제주의적인 글은 인간의 상상력을 허용하지 않는다. 하지만 시의 언어는 인간의 무한한 상상력과 운명을 허용한다. 성경의 역사는 예수를 통해 인간을 죽음에서 생명으로 옮긴다고 했지만, 나는 내 상상력을 통해 죽은 차롱파를 살려내고 인간을 살려낼 것이다. 성경은 말씀으로 역사하신다고 하지만, 나는 내 기호와 문장들로 새 역사를 만들어갈 것이다.

사슴의 갈급함

화장실에 다녀오겠다며 우걸은 밖으로 나왔다. 천우는 전화를 받지도 걸어오지도 않는다. 만우 형이 왔다는 것을 섣불리 문자로 알릴 수도 없다. 신중하고 조심스럽게 진행해야 한다. 형이 온 줄 알면 천우가 도리어 달아날 가능성이 높다. 형 만나러 경주에 가보자고 운을 띄웠을 때, 천우는 단칼에 거부했다. 예상보다 훨씬 완강하였다. 도로 서울로 올라가겠다며 소리를 지르기까지 했다. 형을 다시 본다는 것은 인간의 추악한 욕망과 이기주의를 형제라는 이름으로 행하는 위선이라고 잘라 말했다. 자칫 형제 사이를 더 망치게 될까봐 우걸은 천우에게 간단한 문자만 남겼다.

"어디 갔냐? 연락해주라."

식당을 나서면서 보니, 형은 다리를 조금씩 절었다. 만우 형은 청송으로 오는 도중에 발에 심하게 쥐가 났다고 말했다.

"어디 다치셨어요?"

"지난번 큰 폐기물을 옮기는 과정에 다쳤네. 한동안 몹시 고통스러웠지. 아예 다리를 쓰지 못하는 줄 알았어."

"연락하시지 그러셨어요?"

"병원에 두어 달 누워 있으니 여러 가지 생각이 두서없이 많이 나더라고. 옛날 일도 많이 생각나고, 천우 생각도 가끔 했지. 나는 가족이 이렇게 돌봐주는데, 그 녀석은 혼자서 아프면 어쩌나 싶기도 하고."

"저는 형님이 그리 힘든 시간을 보내시는 줄도 모르고……."

"바쁜 자네에게 연락할 것까진 없었어."

최근에는 장거리 운전이 망설여진다고 만우 형은 덧붙였다. 무리하지 마시고 오늘 자고 가시라고 했더니 겸연쩍게 웃는다. 천우가 머무는 집으로 가보자고 권하니 형은 어쩔 줄 몰라 한다. 집에 들러서 농사지은 채소나 과일을 가져가시면 좋겠다고 설득하자, 형은 마지못해 고개를 끄덕인다. 옛날에는 덩치도 크고 키도 크고 매우 무서운 형이었다. 나이가 들어서일까. 지금 보니 순하기 이를 데 없는 형이다. 형은 착한 아이처럼 차를 몰고 얌전히 따라온다.

오늘이 얼마나 중요한 날인지, 우걸은 해야만 할 일에서 절대 후퇴하지 않으려고 마음을 다잡는다. 단순히 사이가 틀어진 형제의 만남을 주선하는 자리가 아니다. 오래 기도하며 기다려온, 인간의 힘으로는, 인간의 노력만으로는 가능치 않은 인간의 일이 진행될지도 모른다. 긴장과 기쁨 사이에서 가슴이 떨린다. 오로지 하나님만이 주관하고 조정하실 기적의 모멘트가 될 것이다. 이루어주시리라 알고 있었지만, 이런 방식이리라고 감히 상상하지 못했다. 어떻게 이렇게 완벽하게 준비하실 수 있었을까. 성경방에서 지내는 천우에게 은혜가 먼저 있을 것 같지만, 하나님의 섭리는 다를 수 있다. 조선에 성경이 들어왔을 때 은혜를 받은 순서는 성경책을 접한 순서가 아니었다. 우걸은 차를 입구에 세우고 만우와 함께 샛길을 걸어 들어갔다.

"저기 보이는 저 집입니다."

"이런 곳에 집을 짓기가 쉽지 않을 텐데, 누구 생각인지 참 예사롭지 않네."

"그 생각을 하면 얼마나 놀라운 섭리인지 모릅니다."

"농막이 아니라 꽤 규모가 있는데, 여기 집을 지을 수 있는가?"

"저쪽은 가능한데, 이쪽은 수질 보호 차원에서 지금은 금하고 있습니다. 아마 법이 생기기 전에 지어진 집인 모양입니다."

우걸은 녹색 문을 열고 들어섰다. 철문의 비명은 더 심해진 상태였다.

"여기서 글을 쓴다는 건가? 드라마를 쓴다고?"

"네. 잠깐만 천우에게서 문자가……."

"……."

"이런, 천우가 경주로 갔답니다. 드라마에 쓸 자료를 찾으러 갔다는데, 형님을 뵈러 간 것이 아닐까 싶습니다. 이런 우연이…… 서로를 만나기 위해서 서로 어긋나도록 길을 떠나다니……."

"경주에 가? 정말 자료를 찾으러 갔나 보지. 나를 보러 간 것은 아닐걸세. 그랬다면 나에게 왜 연락을 하지 않았겠나."

"형님도 천우를 보러 오셨지만 전화하고 오신 것은 아니시잖습니까. 세상에…… 이런 기적을……. 가만 천우에게 뭐라고 대답을 주어야 할지……."

"내가 여기 왔다고는 말하지 말게. 그래야 찾고 싶은 자료를 충분히 찾을 걸세. 시간이 남으면 나에게 전화할 수도 있고……. 그러면 여기 있다고 말하면 되지."

"그럴까요? 여기서 쉬시면서 저랑 옛날이야기도 하고 저녁 시간을 보내죠. 그러면 밤늦게나 늦어도 내일은 돌아올 테니, 만나보고 가시면 됩니다."

마루에 나란히 걸터앉아 두 사람은 넓게 펼쳐진 밭을 응시한다. 직장 일도 바쁠 텐데 어떻게 큰 땅을 관리할 수 있는지 만우 형이 묻는다. 그는 웃으면서 필요에 따라 도와주시는 분이 계셔서 큰 어려움은 없다고 대답한다. 형은 그렇게 확실하게 믿는 구석이 있어서 좋겠다고 중얼거린다. 형은 마당을 한참 동안 내려다보더니 조용히 말했다.

"천우가 이런 곳에서 혼자…… 강아지 한 마리도 없이 혼자……."

"작가들은 혼자 있는 것을 좋아해요. 그래야 집중할 수 있거든요."

"개라도 한 마리 있으면 덜 적적하지. 천우는 무서움도 많이 탔거든. 걔가 강아지를 좋아했지. 기억 안 나? 걔가 키우던 개가 죽었을 때 말이야."

복이는 비오는 날 천우가 처음 찾아낸 유기견이었다. 폐지 더미 속에 비를 피하고 있던 개는 두려움 때문인지 추위 때문이지 부들부들 심하게 떨고 있었다. 몸도 비쩍 마른 것이 전혀 돌봄을 받지 못하고 떠도는 개인 것 같았다. 다가가려 하면 더 깊이 폐지 더미 속으로 숨어 들어갔다. 산더미 같은 폐지 덩어리가 무너지는 날에는 즉사할 수도 있었다. 천우가 마법을 걸듯 말했다.

"네가 나를 따라오면 먹을 것을 주겠어. 그 후에 가겠다고 하면 보내

주마, 약속해."

벌벌 떨면서도 복이는 더는 도망가지 않았다. 천우는 살그머니 여린 몸을 잡아다가 큼직한 고무 함지박 안에 옷을 깔고 넣어주었다. 복이는 준 음식을 잘 먹었고 천우를 졸졸 따라다녔다. 기분이 좋으면 제 발가락을 핥으면서 천우를 모른 척하기도 했다. 개는 천우를 좋아했다. 천우가 복이라는 이름을 붙여주었다. 복이는 얼마 가지 못해 죽었는데, 이미 병에 걸린 상태였거나 독이 든 무언가를 먹었던 모양이었다. 천우의 아버지가 비눗물을 먹여 먹은 것을 다 토하게 했지만 개는 뻣뻣하게 굳어 죽어버렸다. 만우 형이 갖다 버리려고 했으나 천우는 고집을 피웠다. 천우는 슬피 울었다. 그 사건 이후로 천우는 죽음에 예민해졌다.

"방에 에어컨이 있습니다. 들어가서 조금 쉬시면서 이야기하면 어떠세요? 저녁에는 옥상이 시원한데 낮에는 방 안이 낫습니다."

우걸은 형과 함께 방으로 들어섰다. 만우 형은 무심하게 방바닥에 앉는다. 벽에 발린 성경을 보고 놀랄 줄 알았는데, 형은 전혀 그런 반응이 없다. 형의 눈이 간 곳은 옷걸이에 걸린 동생이 벗어놓은 옷이었다. 형은 그 옷을 말없이 바라보다가, 드디어 벽에 시선을 보냈다. 별다른 반응은 없었다. 형의 시력이 좋지 않았다는 사실이 그제야 떠오른다.

"천우가 왜 이곳에서 드라마 쓸 생각을 했을까? 이 집에 얽힌 이야기라도 쓰는 건가?"

"확실히 알 순 없지만, 그렇다고 볼 수도 있습니다."

"이 집에 특별한 사연이라도 있나?"

만우 형은 매우 섬세하게 방 안을 둘러본다. 아무래도 벽이 예사롭지 않은 모양이다.

"벽에 잔주름이 많이 가 있는데 오래 비워두어서 그런 것인가? 도배를 해줄걸 그랬지."

우걸은 형에게 가까이 다가가서 보라고 권했다. 형은 무슨 일인가 싶어 눈을 찡그리며 가까이 다가가더니, 한참을 들여다보았다.

"이것이 뭔가? 아주 작은 글자들이 수두룩하네. 요즘에는 하도 별의 별 벽지들이 다 나오니……."

"성경입니다."

"아, 성경!"

형은 당연하다는 듯이 입을 다물더니, 한참 후에 다시 물었다.

"왜 성경으로 도배를 했나? 천우는 시를 좋아하는데…… 성경도 시와 관련이 있나?"

"성경 안에 시를 모아놓은 부분도 있습니다. 시편이라고 하지요."

"그놈은 어릴 때부터 시를 좋아했지. 자기 마음을 표현하는 시 말이야."

"맞습니다. 천우는 시로 마음을 잘 표현했지요."

"그놈이 아이스크림에 대한 시를 썼는데, 내가 이해하지 못해서 거짓말한다고 혼을 낸 적이 있다네. 이렇게 시를 마음껏 읽을 수 있으니 천우로선 원이 없는 방이겠구먼. 이 시들 중에서 한 가지만 이야기를 해주게."

"아! 들어보시겠습니까?"

"시 하나쯤은 알고 있어야 천우와 말이라도 섞지. 천우가 좋아할 만한 시를 한번 골라보게."

"형님도 그냥 한번 쭉 보세요. 보시다가 혹시 눈에 들어오는 부분이 있는지 살펴보세요."

"나는 고물이나 잘 고르지 시는 고를 줄 몰라. 자네가 골라주게."

"네 그러면…… 이 시는…… 시편 42편 1~2절에 나오는 구절입니다."

하나님이여 사슴이 시냇물을 찾기에 갈급함같이 내 영혼이 주를
찾기에 갈급하니이다
내 영혼이 하나님 곧 살아 계시는 하나님을 갈망하나니
내가 어느 때에 나아가서 하나님의 얼굴을 뵈올까

우걸은 성경을 도배하면서 눈에 넣어두었던 구절을 일부러 찾아 읽어드렸다. 잠잠히 듣던 형의 얼굴에 천천히 생기가 돌았다.

"아들놈이 말이지. 최근에 고양이를 갖고 싶어 안달하더니 고양이에 대한 시를 썼어. 이 시는 하나님을 보고 싶은 마음을 쓴 거야."

"네. 맞습니다. 어찌 그리 잘 아시는지요?"

"시는 마음을 적는 거야. 특히 가지고 싶은데 가질 수 없을 때 쓰는 거더라고. 이 사람은 하나님을 간절히 만나고 싶은데 만날 수가 없는 모양이구먼."

우걸은 형의 즉각적이고 명쾌한 해석에 놀라 입을 다물 수 없었다.

"내 아들이 원하는 고양이나 천우가 원했던 아이스크림보다 이 사람은 더 간절하게 하나님을 원해."

"왜요?"

"사슴이 시냇물을 찾는 것처럼 하나님을 만나고 싶어 하니까. 아이

스크림은 못 먹어도 안 죽지만 사슴은 시냇물을 마시지 못하면 죽는 거잖아. 생명을 이어갈 수 없어."

"맞습니다. 하나님을 만나야 생명을 이어갈 수 있습니다."

성경의 문 안으로 들어서는 기적은 시간에 비례하지 않는다. 몇 년씩 교회를 다녀도 이해하지 못하는 것을, 하나님을 만나는 일이 생명에 관한 것임을 형은 이미 알고 있다.

"어떻게 시를 이해하게 되셨습니까?"

"아버지가 되니 이해가 되었어. 사랑하면 다 이해가 되나봐. 그런데 천우가 이 시들을 벽에 붙여 달라고 했나?"

천우가 토마스 선교사 이야기를 쓰는 것으로 짐작된다고 우걸은 대답했다. 벽에 온통 성경을 바르는 이야기는 토마스 선교사와 관련된 것이 분명했기 때문이다. 제너럴셔먼호를 타고 조선에 온 토마스 신부가 대동강가에서 죽임을 당한 이야기를 들은 형은 조용히 입을 연다.

"경주에서 청송까지 오는 데도 쉽지 않은 것이 사람 마음인데, 생판 모르는 사람들에게 성경을 전하고 싶어서 몇 달씩 배를 타고 와서 그리 죽었단 말인가?"

"네."

"왜?"

"사슴처럼 물을 찾는 사람들이 이곳에 있으니까요."

"그 사람이 하나님이야?"

"하나님의 말씀을 전하는 사람입니다."

"그 말씀 안에 무엇이 들었누?"

"시 안에 마음이 들어 있는 것처럼, 성경 안에 생명이 들어 있습니다."

"시 안에 고양이나 아이스크림이 들은 것처럼, 저 성경 안에 생명이 들어 있었구먼."

"그리 간단하게 이해를 하시다니 놀랍습니다."

"놀랄 게 뭐 있나. 하나님이 아이스크림을 들고 올 아버지인데."

우걸은 울컥 눈물이 솟구쳤다. 시력이 나쁜 형은 그의 글썽이는 눈빛을 보지 못했다.

"그 아이스크림을 받고 싶으세요?"

"아버지가 살아 돌아와서 주시면 받고 싶지 않겠나?"

"아!"

"그런데 이 방을 누가 도배했나?"

우걸은 대답을 하고 싶었으나 목소리를 조절할 수가 없어 잠시 형을 젖은 눈으로 응시했다.

성경방의 비밀

한줄기 투명한 바람이 미옥의 잔머리를 흔들고 지나갔다. 그녀의 옆
모습은 앳되고 맑았다. 시선을 돌릴 때마다, 연애 시절 사랑을 속삭일
때 보였던 별이 그녀 눈동자 속에서 다시 뜨곤 했다. 그녀의 눈에 다시
생기가 돌기 시작한 것은 칼로 성경책을 잘라내는 우걸의 모습을 본
순간부터였다. 그의 도발적인 행동에 그녀는 입을 다물지 못했다. 자
를 대고 성경에서 종이들을 잘라내는 내내 한마디도 묻지 않았지만,
그의 표정과 손길을 매우 주시하는 눈치였다. 우걸도 아무 말도 하지
않고 작업을 계속했다. 마침내 성경 육십육 권이 칼로 반듯하게 잘라
내졌을 때, 그녀는 낱장들을 들추며 작정하고 물었다.

"하나님께 반항하는 거야?"

우걸이 말없이 웃자 미옥도 따라 웃었다.

"따라오면 그 이유를 알려줄게."

미옥은 우걸을 서슴없이 따라나섰다. 운전 중인 그에게 이런저런 떠보는 질문을 해댔다. 그녀가 그에게 그렇게 관심을 보이는 것도 오래간만이었다. 차에서 내리자마자 '우리의 비밀 장소'로 가자며 눈을 찡긋했다. 연꽃 연못 쪽으로 나 있는 좁은 길을 앞서 걸었다. 연못이 시작되는 지점에 우뚝 선, 수령이 수백 년은 됨직한 아름드리 너도밤나무 아래가 두 사람의 아지트였다. 결혼 전 밀어를 속삭이던, 연꽃 연못은 사람들의 시선이 닿지 않으면서도 앞이 널찍하게 트인 아름다운 장소였다. 태양열이 차단된 너도밤나무 밑의 나무 벤치는 주인을 기다리고 있었다.

벤치에 나란히 앉아보는 것도 오래간만이었다. 우걸은 벤치를 놓을 적당한 위치를 찾기 위해 나무 그늘의 움직임을 종일 살폈던 기억이 떠올랐다. 연못물이 열기를 흡수하여 주변이 한결 시원하게 느껴졌다. 비현실적으로 느껴질 정도로 새하얀 연꽃들과 연꽃 아래 물속에 노는 작은 물고기와 벌레들과 물풀과 하늘을 한꺼번에 바라보며 미옥은 한동안 평온하게 앉아 있었다. 한국화를 전공한 미옥은 낚시꾼의 급한 손길에 잡혀 올라온 붕어, 하얀 연꽃 위를 지나가는 이름 모를 작은 날벌레, 하얀 연꽃을 한 송이 꺾어 꽂은 정갈한 꽃병을 즐겨 그렸다.

"내 붓끝이면 다 가질 수 있어. 당신도 가질 수 있어."

연애 시절 갖고 싶은 것이 무엇인지 물었을 때 미옥이 했던 대답이었다. 이 표현을 계기로 두 사람의 관계는 급속도로 진전되었다. 그의 성격으로는 고상한 그녀에게 결혼 이야기를 꺼낼 수조차 없었다. 세상의 것들에 소유욕이 많지 않은 그녀가 그를 선택해준 것이었다. 붓끝을 먹물에 적시면 세상만사가 다 그녀의 안으로 들어오니, 부자가 아니라도 상관없다 했다. 그녀는 스스로 충분한 사람이었다. 그림은 그녀의 존재 방식이었다. 그런데 결혼 후부터 그녀는 점차 그림을 그리지 않았다. 그리지 못했다. 담고자 하는 세상이 그녀에게 담기지 않으려 한다고 했다. 결혼 후에 그녀의 세계가 뭔가에 의해 침범당한 것이 분명했다. 무엇이 그녀의 소중한 것을 손에서 놓게 했는지 모를 일이었다. 특별한 계기나 사건이 있었던 것도 아니었다. 연꽃을 보러 가자고 해도 심드렁했다. 맨날 같은 것 들여다보면 뭐하냐며 발길을 끊은 지 제법 되었다. 맨날 듣는 교도소 이야기에도 더는 관심이 없었다. 그녀는 뭔가를 찾고 있었지만, 그것이 뭔지를 몰랐다. 오랜만에 나온 두 사람의 데이트인데도 그녀는 계속 분해된 성경에 민감한 반응을 보였다.

"서울에서 오는 친구와 관련이 있는 거야?"

호기심을 가장하고 물었지만, 걱정이 있을 때 어김없이 나타나는 그녀의 갈매기 눈썹이 이마 아래쪽에서 꿈틀거렸다. 무엇을 갈기갈기 잘라내어도 예전의 미옥이라면 깔깔거리며 재미있어했을 것이다. 신나서 가위를 들고 같이 잘라주겠다며 덤볐을 것이다. 하지만 우걸의 성경 분해만은 미옥에게도 충격인 모양이었다. 그녀가 연꽃 연못에서 시선을 돌려 의미심장하게 우걸을 다시 바라보았다. 그녀의 눈이 동그랗게 치떠지면 생소한 사람처럼 보일 때가 있었다.

"……두 사람 어떤 관계야? 당신이 왠지 달라진 느낌이야."

"질투하는구나. 기분이 좋은데."

"어떻게 처음 만났어?"

미옥은 작은 돌을 연못 쪽으로 던졌다. 돌이 진흙 속으로 쑥 사라졌다.

"하나님이 왜 말씀으로 존재하시는지 나는 항상 궁금했어. 당신이 좋아하는 그림이나 하늘의 구름으로 뜻을 전할 수도 있는데, 왜 글자로 전했을까 궁금했어. 언어에 대해 좀 알아야겠다고 생각하고 시 동아리에 들어갔지. 시 동아리에는 정작 언어에 관심이 있는 사람은 별로 없었어. 천우만이 언어에 매우 민감해서 내가 다가간 거지."

"둘이 친했구나."

"관심사가 같았거든. 내가 천우의 관심을 끌게 된 것은 요한복음 첫 구절을 말했을 때였어. 태초에 말씀이 있었다. 말씀은 신이었다. 말씀은 신과 함께 있었다."

"……."

"내가 그 말을 하자, 천우가 대응했지. 태초에 언어가 있었다. 언어는 시인이었다. 언어는 시인과 함께 있었다."

"동아리의 멤버들이 우리 대화에 관심을 보였어. 특이한 것은 천우가 한 말은 모순이 없다고 여기는데, 내가 한 말은 모순이 있다고 여기는 거야. 말씀이 신과 함께 있는데, 어떻게 말씀이 신이냐고 반박했지. 천우는 그냥 이해했어. 그러곤 친해졌지. 나중에 알고 보니 사는 동네도 멀지 않았어. 우리는 각자 사랑하는 언어를 최고라고 믿었고, 서로를 설득하느라고 진짜 친해졌어."

"성경을 갈가리 찢어서 친구에게 항복하려는 거야?"

"아니. 이제 말씀의 힘을 제대로 보여주려고."

"어떻게?"

"친구가 머물 방에 성경으로 도배를 해줄 거야."

"하하하! 남자들이 기 싸움을 하면 어리석어진다고 하더니, 방을 성경으로 도배하려고 잘랐단 말이야?"

"정확하게 맞아."

미옥은 일순간 안도하는 표정이었으나 이내 석연치 않은 듯 이마 위의 갈매기를 꿈틀거렸다. 그녀는 내성적인 성격으로 보일 뿐, 감정 표현이 매우 솔직하고 거침이 없었다. 궁금증을 참는 성격도 아니었다. 그런데 어쩐 일인지 말을 아끼는 모습이었다. 그러더니 입꼬리를 살짝 올리면서 갑자기 어리광스런 표정으로 유혹했다.

"이렇게 나왔으니 당신이 가꾼 채소들 돌보다가 들어가자."

우걸은 도배를 먼저하고 들로 가보자고 조용히 일렀다. 그녀의 갈매기가 미미하게 움직였다.

"기 싸움 때문이 아냐. 천우가 애초에 원했던 거야."

"성경과 관련된 드라마를 쓰러 오는 거야?"

"아직은 정확하게 몰라. 그렇게 되었으면 좋겠어."

"당신 친구 이야기를 들려줄 수 있어?"

"도배하는 걸 도와주면 해줄게."

농막을 향해 걸어가며, 우걸은 이처럼 철저하게 상황을 준비하고 계신 분을 생각했다. 아내가 성경 도배작업을 도와줄 줄은 꿈에도 생각하지 못했다. 말해야 할 것을 말해야 하는 순간도 알려주실 것이었다. 그는 잘라온 성경 뭉치와 풀 주머니를 내려놓았다. 어떻게 시작해야 할지 가늠하자, 그녀는 자기 전문분야라고 코를 찡긋거렸다. 신문지들을 여러 장 이어서 편 후 성경을 그 위에 길게 펼쳐놓더니, 풀을 적신 붓으로 단번에 풀칠해나갔다. 그녀가 한국화 작업을 할 때 비슷한 과정을 본 적이 있었다. 신나 하는 그녀가 못내 사랑스러웠지만, 오늘 두 사람의 운명을 가르는 일이 일어날 것이라고 생각하니 아찔했다. 이윽고 그녀가 풀칠된 성경 낱장을 건넸다. 우걸은 벽에 살갗을 입히듯 아래쪽 구석에 첫 번째 성경 낱장을 가져다 붙였다.

"천우가 성경 속 어떤 인물과 닮았냐 하면요……."

아내가 불안해하거나 예민할 때면 우걸은 높임말을 쓰곤 했다. 교도소에서 말하던 습관 때문에 자연스럽게 높임말이 나온 적이 있었는데, 그녀가 매우 좋아했다. 아기에게 높임말을 쓰면서 동화를 들려주는 것 같다며 단번에 안정을 되찾는 것이었다. 그 후로 그녀가 불안정해 보이면 그는 높임말을 썼고 매번 효과가 있었다. 고개를 돌리자, 그녀가 풀칠된 성경 낱장을 들고 단아한 자세로 서 있었다. 그는 그것을 받아 들며 말했다.

"성경에 두 형제의 이야기가 있는데, 둘째가 유산 중에서 자기 몫을 미리 달라고 아버지에게 보챘어요."

"성경 이야기도 세상 이야기하고 똑같네. 유산을 미리 달라고 떼쓰는 거잖아."

"맞아요. 둘째 아들은 다른 나라로 떠나가 허랑방탕하며 재산을 다 허비했어요. 들에 방목된 돼지들을 지키며 돼지 먹이인 쥐엄열매라도 얻어먹으려 했지만, 그곳에도 가뭄이 들어 그것조차 여의치 않았지요. 그때 아버지가 주시던 따뜻한 음식과 집이 생각났어요. 드디어 그는 잘못을 뉘우치며, 집으로 돌아갈 것을 결심합니다."

"잘했네. 돌아가는 게 낫지."

"아들은 아버지께 잘못을 빌었어요. 품꾼으로라도 일하며 살게 해달라고 간청합니다. 아버지는 돌아온 아들에게 좋은 옷을 입히고 살진 송아지를 잡아서 잔치를 벌입니다."

"성경도 동화 같네."

"그때 밭에서 일하고 돌아오던 맏아들이 집에서 나는 풍류 소리를 들었어요. 종을 불러 무슨 일인지 물었더니, 종은 작은아들이 돌아온 것을 기뻐하여 주인님이 살진 송아지를 잡았다고 알려줍니다. 맏아들은 분기탱천하여 아버지께 달려갔지요. 아버지 곁에서 열심히 일한 자기를 위해서는 염소 새끼 한 마리 잡아 친구들과 즐겁게 해주신 적이 없었는데, 아버지의 재산을 창기와 함께 먹어버린 아들이 돌아오니 살진 송아지를 잡으셨다고 따집니다."

"……."

"아버지는 맏아들에게 말합니다. 내가 잃었던 둘째를 다시 얻었다. 우리가 즐거워하고 기뻐하는 것이 마땅하다. 너는 항상 나와 함께 있으니 내 것이 다 네 것이다."

우걸이 말을 멈추자, 미옥이 간단하게 물었다.

"끝이야?"

"성경에서는 여기가 끝이에요. 하지만 현실은 아직 끝나지 않았어요."

그녀는 성경 낱장을 건네며 똑떨어지는 목소리로 물었다.

"왜?"

"그 인물을 닮은 내 친구 이야기는 아직 끝나지 않았으니까요. 형이 그렇게 화를 내자, 마음먹고 돌아온 동생이 마음을 크게 다치고 다시 집을 나가버립니다. 아버지는 형제의 불화에 매우 슬퍼합니다. 돌아온 동생을 기뻐하기보다 자신의 재산을 축낼 것을 먼저 걱정하는 장남을 보면서 아버지의 시름이 깊어졌어요. 자신이 죽고 나면 차후에 형제 사이에 어떤 일이 일어날지 상상이 된 것입니다. 아버지는 매우 고심하게 되었고 그래서 해결책을 찾아 나섰잖습니다."

"어떻게?"

미옥은 성경 낱장을 건네는 대가로 이야기를 듣는 사람처럼 말했다.

"아버지는 둘째 아들의 친구를 찾아갔어요. 아버지는 친구에게 어떻게 하면 둘째 아들이 다시 집으로 돌아올 수 있을지 상의했지요. 음, ……배고프지 않아? 우리가 연못가에서 시간을 많이 보내서 오전이 다 가버렸네. 김밥 먹으면서 이야기하자. 오래간만에 당신이 싼 김밥 먹을 생각 때문에 일이 손에 잘 잡히지 않아."

미옥은 입꼬리를 말아 올리면서 기분 좋게 고개를 끄덕였다. 방을 나가니, 중천에 뜬 해가 마루를 달구고 있었다. 우걸은 옥상으로 김밥을 챙겨 올라갔다. 천우가 오면 야외에서 글을 쓸 수 있도록 만든 임시 작업실이었다. 슬레이트가 덮인 야외 작업실을 보자, 그녀는 책상 앞에 앉아 글 쓰는 흉내를 내었다. 작가가 이 집에 온다는 것이 실감 난다고 했다. 그녀가 그림을 그리며 기뻐하던 모습과 비슷했다. 우걸은 책상 위에 그녀가 싸 온 김밥을 펼쳤다. 든 것은 단무지와 우엉이 전부였다. 우걸은 한국화 색감을 닮은 담백한 그녀의 김밥을 좋아했다. 미옥은 갑자기 불만이 생긴 아이처럼 표정을 바꿨다.

"나, 물어볼 것이 있어."

"같은 작업을 반복하니까 심심하지? 무슨 이야기든지 해봐."

"저기 보이는 땅이 모두 몇 평이나 돼?"

우걸의 젓가락이 땅으로 떨어져버렸다.

"웬일로 당신이 땅에 관심을 보이는 걸까?"

"다른 사람에게 넘길 생각이라고 말했잖아."

"아무래도 주인이 나타난 것 같으니까."

"이 많은 땅을 다 살 것 같아? 나눠서 산다는 거야?"

"아마 다 넘겨야 할 거야."

"부자인가 보네. 그 돈이면 시내 아파트도 여러 채 사고 남을 텐데. 올해 이 지역 땅값이 많이 올랐다던데 우리 부자 되겠어."

"……아까 하던 친구 이야기를 계속해 줄게. 그 친구는……."

"이렇게 시간을 보내면 다 못 붙이고 돌아가겠어. 성경 붙이면서 해 줘."

미옥은 벌떡 일어나 지체 없이 아래로 내려가더니 다시 벽지 붙일 준비를 했다. 이번에는 그가 건네주고, 그녀가 벽에 바르기로 했다. 그림에 붓질하듯 섬세하고 단정한 손길은 경건해 보이기까지 했다. 그녀는 죽어가는 자에게 살갗을 입혀 조금씩 생명을 불어넣듯 정성스럽게 일했다. 하지만 얼굴을 돌려 그를 향해 활짝 웃을 때면 영락없는 개구쟁이였다. 바닥에서부터 자신의 손이 닿는 벽 높이까지 두어 시간 발라놓고, 그녀는 갑자기 응석을 부렸다.

"고개랑 어깨가 아파서 이제 더 못 붙이겠어. 키가 닿지도 않아. 윗부분은 당신이 해! 꼭 천장까지 붙여야 하는 거야?"

"응! 천장은 내가 붙일게. 사다리를 가지고 올 테니 쉬고 있어."

우걸이 차 지붕에 묶어서 싣고 온 사다리를 메고 들어오는 사이, 그녀는 미숫가루를 타서 얼음이 동동 뜬 그릇에 담아 내밀었다. 두 사람은 마루에 앉아서 들판을 바라보며 마셨다.

"나도 당신이랑 밭에 나와서 같이 일했더라면 좋았을걸. 앞으로 저 땅이 우리 것이 아니라고 생각하니까 아쉽네. 저 들판의 수확물이 모두 내 것이었잖아. 성경 속의 아버지가 말했지. 너는 나와 항상 같이 있으니 내 것이 전부 네 것이다. 그치?"

그녀가 성경 구절을 말하며 크게 웃는 모습이 우걸의 가슴을 흔들었다. 우걸은 그녀의 손을 잡으며 말했다.

"친구 이야기를 마저 해줄게요."

미옥은 일하기 싫어서 그러느냐며 빨리 들어가서 마저 하고 놀자고 했다. 그는 따라 들어가 사다리를 세워놓고 하나하나 밟고 올라갔다. 천장에 첫 번째 장을 붙였다. 그녀로부터 다음 장을 받아 천장에 붙였다. 그녀의 맑은 웃음소리가 방 안에 울려 퍼졌다.

"천장에 성경을 붙이는 모습이 꼭 시스티나 성당에 천장화를 그리다가 목뼈가 돌아간 미켈란젤로 같아!"

"그런 영광이……. 그 그림 제목이 최후의 심판이었던가? 내가 그렇게 멋져 보여?"

"응, 당신 멋져! 땅 없어도 당신에게 반할 수 있어."

사다리 위에서 우걸은 몸과 마음이 동시에 흔들리는 것을 느꼈다. 그는 손에 받아든 것을 천장에 마저 붙였다. 그녀가 성경을 내밀었다. 성경을 붙였다. 성경을 내밀었다. 성경을 붙였다……. 천장 도배가 끝나가고 있었다. 천장에 바른 부분은 상당 부분 창세기였다. 그녀가 혼잣말로 중얼거렸다.

"이미 반한 것을 어쩌겠어."

우걸은 사다리를 옮겨 세우기 위해 아래로 내려섰다. 미옥이 화장실을 갔다 오겠다며 나갔다. 그는 사다리를 옮겨놓고 그녀가 돌아오기를 기다렸다. 한참 후에 돌아온 그녀는 다시 낱장을 올려주기 시작했다.

그는 말이 없어진 그녀에게 그냥 이야기를 이어갔다.

"아버지는 아들의 친구에게 말했어요. 너희들은 종종 구원에 대해 이야기 하더구나. 너희들끼리 입씨름을 할 때 귀동냥해서 들었다. 나는 평생 고철 덩어리나 폐물 속에서 살았지만, 그것들 속에 구원이 있지는 않았다. 내가 아들을 기다리듯이 나를 기다리는 이가 있다면 당장 돌아가고 싶다."

미옥은 여전히 말없이 낱장을 위쪽으로 건넸다. 건네받은 것을 천장에 붙이려다 우걸은 잠시 멈칫했다. 목을 비틀고 있어서인지 목이 메고 눈시울이 뜨거웠다. 아버지가 아들이 돌아오기를 기다리는 마음은 하나님이 우리가 돌아오기를 기다리는 마음과 같다고 설명하려던 참이었다. 그녀는 그의 변화를 아는지 모르는지 말이 없었다. 우걸은 마음을 가다듬고 다시 입을 열었다.

"친구의 아버지는 그날 예수님을 만났어요."

"단번에?"

그녀가 고개를 발딱 들고 도전적인 어조로 물었다. 우걸은 여전히 목이 메었다.

"어떻게 예수님을 단번에 만날 수 있어? 수십 수천 번을 들어도 나는 그럴 수가 없었는데."

"아들을 돌아오게 하려고, 아버지가 먼저 하나님 아버지께로 돌아간 것이지요. 아버지가 빨리 이해하셨던 것도, 빠르게 결단할 수 있었던 것도 사랑하는 아들 때문이었지요."

미옥은 다시 성경 한 장을 내밀었다. 우걸은 성경을 벽에 붙였다. 아내는 종이 벽돌을 다시 내밀고, 우걸은 붙였다. 아내는 내밀었다. 우걸은 붙였다. 내밀었다. 붙였다. 내밀었다. 붙였다. 내밀었다. 붙였다······.
친구의 아버지는 그날 뜻밖의 고백을 했다.

"따로 내 재산이 좀 있네. 폐품을 모으다가 뜻하지 않게 귀한 물건들을 발견하면서 얻게 된 행운일세. 오로지 현금으로만 보관해서 아들놈들도 알지 못하네. 자네에게 맡겨놓았다가 둘째가 빈털터리가 되어 돌아오면 조금씩 주라고 할 참이었네. 그런데 그런 식으로 남겨주면, 나중에 만우가 알게 되었을 때 동생에게 더 불만을 품게 되겠지. 형제가 화해할 기회가 아예 없어질 수도 있겠다는 생각이 들어 방법을 바꾸기로 했네. 그들이 서로 사랑하는 것이 먼저라는 생각이 들어서 말인데, 자네가 믿는 예수님을 아들들이 만나도록 주선해주게. 사랑하면 필요한 것을 서로 채워줄 수 있을 거야. 둘 중에 먼저 하나님을 믿는 아들에게 숨겨놓은 돈을 유산으로 주고 싶네."

우걸은 아내에게 말하는 자신의 목소리가 떨리는 것을 느꼈다. 천우 아버지는 어떤 상황에서도 끝까지 천우의 친구로 남아달라고 부탁했었다. 우걸은 손으로 가려운 코 위를 만지느라 잠시 멈칫했다. 고개를 들어 그의 행동을 지켜보던 아내가 입을 열었다.

"그 둘째 아들이 천우 씨지?"

"맞아요."

"천우 씨의 친구가, 당신 맞지?"

"맞아요."

"천우 씨가 유산을 받았으면 해서 벽에 성경을 발라주려고 했구나."

"기회를 공평하게 주려고 해요. 성경을 바른 방에서 두 형제가 같이 머물 때 아버님의 말씀을 전할 생각이에요."

"아들들도 모르는 아버지의 돈은 어디에 있을까! 흥미진진해!"

사다리가 움찔했는지 현기증이 일었다. 여태 아내에게도 말할 수 없었던 이유는 형제 중 한 사람이 믿음을 가질 때까지 비밀로 하겠다고 약속했기 때문이었다. 그는 천우 아버지의 마지막 부탁을 실현하기 위해 오랫동안 기도하며 만남을 주선하려고 시도해왔다. 세 사람의 관계가 예전처럼 회복되지 않아 믿음을 전할 기회조차 요원해 보였다. 그런데 천우가 작업실을 성경으로 도배해 달라며 다시 나타난 것이었다. 비록 글을 쓰기 위해서라고는 해도 그렇게 잘 맞아떨어질 수가 없었다. 천우 아버지가 남긴 마지막 소원은 한 아들이 먼저 예수님을 믿고 그 아들이 다른 아들에게 믿음을 갖게 도와주어 서로 화해하는 것이었다. 미옥은 성경 낱장을 다시 그를 향해 치켜들었다.

"둘 다 하나님을 믿지 않으면 어쩌려고?"

"믿게 될 거야."

"어떻게 그렇게 자신해? 당신이 나에게 수십 번 시도했지만 나는 끄떡하지 않았는데. 정말 이렇게 성경을 붙여주면 달라지리라 생각해?"

"내가 자신 있는 것이 아니라 하나님이 하는 일이니 자신 있는 거지."

"나에게는 하나님이 하는 일이 아니어서 자신이 없는 거야?"

"때가 되면 당신에게도 하나님이 일하실 거야. 오늘 당신이 이렇게 열심히 성경을 붙이는 모습을 주님도 보고 계실 거야. 우연한 일이라고 생각하지 않아. 하나님은 우리가 상상하지 못할 방법으로 일하시니까."

"숨겨진 돈이 어디에 있는지 당신은 알고 있는 거구나?"

우걸은 고개를 끄덕였지만, 사다리 밑의 그녀가 보았는지는 알 수 없었다.

"두 사람이 하나님을 믿지 않으면 그 숨겨진 유산은 어떻게 되는 거야?"

"믿게 될 거야."

그의 대답이 너무 단호했는지, 그녀의 대꾸는 그것으로 끝이었다. 말을 걸어도 대답을 하지 않았다. 성경 낱장만 계속 내밀 뿐이었다. 지금이 적기인데, 고백할 수 있는 가장 적절한 때인데 말이 입 밖으로 나오질 않았다. 그녀의 표정을 내려다볼 수가 없었다. 천장에 성경 낱장을 더 단단하게 붙이는 척하며 텅텅 일부러 소리를 냈다. 아래로 손을 내밀었더니, 종잇장이 오지 않았다. 내려다보니, 그녀가 고개를 숙인 채 허공에 성경 낱장을 내밀고 있었다. 가냘프게 떨리는 손에서 그것을 받아 잡았다. 한동안 말없이 작업을 계속했다. 그녀도 건네는 일을 멈추지 않았다. 그도 계속 천장을 채워나갔다. 거의 다 붙여갈 때쯤까지 그녀는 불러도 대꾸하지 않았다. 이렇게 고되고 섬세한 노동이 따로 없었다. 그들은 마치 종이로 집을 짓듯 작업을 이어나갔다.

드디어 한 장이면 충분할 면적만 남았다. 그는 그녀에게 그 사실을 알려주고 싶어서 아내의 이름을 불렀다. 미옥아!

미옥은 들었는지 못 들었는지 마지막 한 장을 건넬 뿐이었다. 건네받은 성경 장은 시편이었다. 헤진 상처를 싸매듯 마지막 장으로 천장을 덮었다. 그가 사다리에서 내려서자, 흠뻑 젖은 얼굴을 훔치며 그녀가 장난스럽게 말했다.

"이렇게 고생해서 붙여줬는데 천우 씨가 믿지 않기만 해봐라."

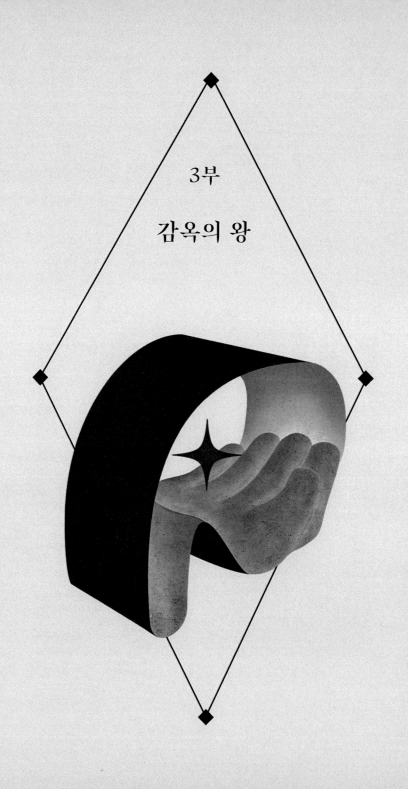

3부

감옥의 왕

감옥의 왕

차룽파는 새로 개장한 평양박물관에 도착했다.

아침에 일주일 후의 연회를 위해 박물관에 다녀오라는 지시를 받았다. 연회는 음식과 술, 노래와 춤을 준비하는 정도로는 충분치 않았다. 주최 측의 의도를 파악하고 사전에 철저하게 준비해두어야만 했다. 대연회를 위해 동무들은 옷이며 장신구를 사러 나가고 없었다. 그녀에게 이 임무가 떨어진 것은 제일 한가한 사람이기 때문이었다.

평양박물관은 최근 개축공사를 했고, 박물관장도 새로 부임했다. 특별 전시회는 신임 박물관장의 기획에 의한 것으로 대대적인 홍보가 진행 중이었다. 차룽파는 2층으로 이어지는 계단을 따라 전시장으로 올라갔다. 넓은 전시실은 단체관람을 온 소학교 학생들로 붐비고 있었다. 하얀 세일러복을 입은 꼬마들이 벽 쪽에 전시된 유물들을 따라 구불구불 줄지어 움직였다. 앳된 얼굴의 남자 교사가 선두에 서서 아이들을 인도했다. 제각기 흥미로워하는 부분이 다르고 저마다 머무르는 시간이 다르니 줄이 연신 무너졌다. 차릉파는 행렬의 꼬리 부분에 서서 따라갔다. 전시실 모퉁이마다 감시원들이 눈을 부라렸다.

벽에 걸린 사진 속 풍경들은 어디서 많이 보던 곳이었다. ……경주다! 어린 시절 그녀가 살던 곳을 발견하자 놀라움이 솟구쳤다. 옛날 집 귀퉁이가 흙무더기 뒤쪽으로 보일락 말락 들어 있었다. 일본인들이 거대한 흙무덤을 파헤치는 사진, 차양 넓은 모자를 쓴 서양 여자들이 파헤친 흙무덤 안을 함께 들여다보는 사진, 흙무덤 안에서 무엇을 끄집어내기 위해 긴 다리를 구부린 서양 남자의 모습도 보였다. 이곳은…… 서봉총의 발굴 현장이다! 인솔 교사는 아이들을 주르르 이끌고 전시장 가운데로 이동해 갔다. 아이들은 일제히 종종걸음으로 달려갔다. 아, 저것은! 하마터면 소리를 지를 뻔한 순간 아이들이 순식간에 유리관을 감싸버렸다.

차릉파는 학생들의 뒷모습에 시선을 고정하고 울렁거리는 속을 가라앉히기 위해 심호흡을 했다. 유리관에 바투 엉겨붙은 아이들은 떨어질 줄을 몰랐다. 천 년이나 땅속에 묻혀 있다가 세상에 나온 것이라고 인솔 교사는 아이들을 둘러보면서 큰소리로 설명했다. 해골도 없고, 손톱과 발톱도 없고, 이빨도 남아 있지 않다고 아이들이 수군거렸다. 금이빨은 남아 있을 것이라고 키득거렸다. 교사는 보물들을 발굴한 이가 현 박물관장님이라고 쓸데없이 여러 번 강조했다. 차릉파도 일주일 후에 있을 연회의 주인공이 박물관장님이라는 것을 들어서 알고 있었다. 그녀가 애간장을 태우면서 기다리는 것은 그 때문이 아니었다. 그녀가 어린 시절부터 그토록 기다렸던 사람을 이제야 만나게 되었다.

인솔 교사의 재촉에 유리관에서 떨어져나온 아이들이 삽시간에 썰물처럼 빠져나가자 전시장은 조용하고 텅 빈 상태가 되었다. 전율이 온몸을 통과하고 다리가 후들거렸다. 차룽파는 바닥의 기다란 유리관 쪽으로 천천히 발걸음을 옮겼다. 위쪽에서 발사되는 조명이 유리관 안을 창백하리만큼 환하게 비추고 있었다. 붉은 황토가 깔린 유리관 바닥 위에, 금 세공품들이 사람 형체로 깔려 있었다. 머리 부분에는 금관이, 목 부분에는 금목걸이가, 허리 부분에는 금장 허리띠가 놓였다. 마술처럼 몸이 빠져나가고 금 세공품만 남아 한 인간이 누웠던 사실을 부각한 상태였다. 인간의 살과 뼈와 옷가지조차 남아 있질 않았다. 차룽파는 사라져버린 금 장신구의 주인을 향해 유리관에 대고 속삭였다.

"어머니, 당신이 죽지 않았다는 것을 알아요!"

드라마 내용에 대해 우걸은 넌지시 궁금증을 표현하곤 했다. 나는 미소로 답할 뿐 별다른 반응을 하지 않았다. 우걸은 나와 전혀 다른 드라마를 꿈꾸었다. 성경방에 대해 자꾸 물어보는 것이 그런 낌새다. 우걸은 오늘 만나볼 사람의 별명이 '작가'라고 알려준다. 이야기를 잘 지어내는 사람이란다. 하루해를 넘기기가 쉽지 않은 지루한 교도소 안의 특성 때문에 입담 좋은 사람이 인기가 좋을 수밖에 없단다. 우걸은 작가끼리 한판 붙어보라며 부추긴다. 말을 무겁게 하는 진중한 사람보다 수다스러운 사람과의 대화가 훨씬 수월할 것이다. 교도소를 처음 방문했던 날 나는 우걸이 가져다준 면담 요청서 양식을 작성하여 교도소에 제출했었다. 교도소장의 허가가 떨어졌다며 우걸이 전해왔고 오늘이 드디어 대면하는 날이다.

"도굴꾼은 아니라며?"

"도굴꾼은 우리 영내에 없었어."

서봉총 이야기에 도굴꾼을 등장시킬 수도 있어서 부탁했던 것이었기에 나는 아쉬워하며 입맛을 다셨다.

"규모가 큰 발굴이니만큼 좀도둑 정도로는 사이즈가 맞지 않는데……."

"그도 만만치 않아. 좀도둑도 되풀이하면 복역 기간이 길어지거든."

"너는 한 가지를 훔칠 수 있다면 무엇을 훔쳐보고 싶어?"

인간의 욕망을 물어본 것인데, 고지식한 녀석은 대답하지 않는다. 나는 신분증을 빼들고 문이 열리길 기다렸다. 나를 면회실에 데려다 놓고 잠시 자리를 비웠던 우걸이 꼬장꼬장해 보이는 몸집이 왜소한 노인과 함께 들어선다. '작가'의 손에는 수갑이 채워지지 않은 상태였다. 화면으로 지켜보는 이들이 있으니 염려치 말라고 앞서 들었다. 우걸은 우리를 남겨두고 나갔다.

"쳇, 바쁜데 왜 나를 불러냈는가?"

"바쁘신데 시간 내주셔서 감사합니다. 무엇 때문에 그렇게 바쁘신가요?"

"사람들 도우느라 바쁘지."

"'작가님'으로 통하신다고 하니, 저도 '작가님'으로 불러도 되겠는지요?"

"편한 대로 하시구려."

"사람들의 무엇을 도와주시나요?"

"상담도 해주고 고민도 들어주고……. 도와준다는 말이 뭔지 몰라?"

그는 예의 없이 빈정거렸다. 뭔가 호감을 살 이야기를 찾으니 《나미야 잡화점의 기적》이 떠오른다. 고아원 출신의 좀도둑 세 사람이 추적을 피하다가 어느 폐가에 들어가서 몸을 숨기게 되었다. 폐가에는 상담을 요청하는 오래된 편지들이 쌓여 있었는데, 무료해진 그들은 재미로 그 편지에 답장을 써주기 시작했다. 그런데 그들의 장난에 감사의 회신이 온다는 이야기였다.

"자네가 쓴 글인가?"

"일본 추리작가 히가시노 게이고의 책에 나오는 내용입니다."

"계속해보게."

"좀도둑들은 감사의 인사를 처음 받아본 거지요. 타인에게 도움이 될 수 있다고 생각해본 적이 없었는데, 감동적인 경험이었겠지요. 어릴 때부터 항상 남의 짐이 되었던 사람들이었으니까요. 살아가면서 감당하기 힘든 일을 너무 많이 겪었던 무리였어요. 하지만 그간의 고통의 강도나 빈도가 높았기에 타인의 고통을 무리 없이 이해할 수 있었던 것이죠. 큰 고통은 작은 고통을 이해하기 쉬우니까요. '작가님'께서 사람들을 도와주러 이곳에 오셨다기에 생각난 것뿐입니다."

좀도둑 이야기가 진짜 도둑의 감정을 건드릴까봐 입을 다물었다.

"도움을 받기 위해 감옥에 온 사람은 자네가 아닌가. 도움을 주는 사람이 도움을 받으려는 사람에게 감정이 상하는 법은 없다네."

내 속마음을 읽는 듯 말하는 그에게 슬슬 말려드는 느낌이다.

"나에게서 무엇을 알고 싶나?"

"'작가님'은 무엇을 쓰시나요?"

"소재야 도처에 깔렸지. 무슨 이야기가 아니라 어떻게 쓰는지 물어야 하지 않나?"

"어떻게 쓰시는지요?"

"오늘 자네가 찾아온 이야기를 쓴다면 나를 찾아오기 전과 후가 어떻게 달라질지에 대해 쓰겠지. 나를 찾아오기 전에는 죄인이지만 나를 찾아온 후에는 죄인이 아니길 바라네."

"죄인이요? 물론 저는 이곳에서 나가면 죄인이 아닙니다. 이곳에 있어도 죄인이 아니고요."

"자네는 여기 있어도 나가도 죄인이지."

'작가'는 내 감정을 건드려보려고 작정한 듯 내뱉었다.

"그럼 저와의 만남을 어떤 식으로 전개하실 참이십니까?"

"자네가 여기 온 것은 누군가의 기획이 있어서야. 한 치의 오차라도 있었다면 지금 여기에 올 수 없었을 테니."

우걸에게서 전도를 받지 않았다면 이런 유사한 표현을 쓸 수 없었다.

"여기가 어딥니까? 이 교도소를 말씀하십니까?"

"이 교도소이기도 하고 이 세상이기도 하지. 어디건 결국 둘 다 같은 곳이지."

"이 세상에 온 것은 우연이지요. 태어날 때 부모를 선택할 수 없잖습니까. 제가 이 교도소에 온 것도 무수한 우연 중 하나일 뿐입니다. 우연이에요. 제 친구가 이곳에……."

"둘 다 마찬가지야. 누군가의 기획에 따라 한 치의 오차도 없이."

"글쎄요."

"작가가 그것을 못 믿다니 어떻게 글을 쓰나? 자네가 쓴 드라마 속의 주인공들도 자네의 기획에 따라 움직여야만 이야기가 흘러가지. 남녀가 서로 좋아하는 것이나 표정, 그리고 손을 잡는 것도 정확하게 자네의 기획대로 일어나지 않나. 사랑도 죽음도 사전에 잘 짜여야 제대로 된 드라마가 되지."

"세상은 다르지요. 세상은 누가 특별히 만든 것이 아니잖습니까."

"그럼 세상이 저절로 생겼나?"

"예. 그래서 자연이라고 합니다. 스스로······ 존재하는······ 그리고 진화한······."

"그렇다면 자네는 원숭이의 후손이구먼."

"아메바같은 단세포 생물에서 다세포 생물로······ 그리고 원숭이로 변한 것이니······ 원숭이의 후손이라기보다 진화했다고 표현을 해야 하는 것이지요."

"자네 손에 있는 것은 비누구먼."

"네. 이곳에서 만든 것이라고 들었습니다."

"이것을 누가 만들어. 저절로 생긴 것이지."

나는 그의 궤변에 웃음을 참으려 윗입술을 깨문다.

"이것이 어떻게 저절로 생기겠어요. 여기 계시는 분들이 만들어서 바깥세상에 파는 것이라고 들었습니다. 선생님이 아니라면 다른 사람이 만들었겠지요."

"그런가?"

"당연합니다."

"이 작은 비누는 누군가가 만들었는데, 이 세상은 만든 이도 없이 생겼다는 건가? 작은 것은 누군가 만들고, 큰 것은 저절로 만들어지나? 이 세상 끝에서 저 세상 끝까지 걸려 있는 무지개도 저절로 만들어졌나?"

"그럼요. 무지개는 비가 오고 나면……."

"그럼, 비는 누가 만들었나?"

"구름이 모이면……."

"그러면 구름은 누가 만들었나?"

"물이 기화해서 생긴 것이고, 물은 또다시 구름이 모여 비가 내리니 생긴 것이죠."

"자네 말대로라면 이 세상의 모든 것이 다 저절로 만들어지고, 오로지 이 비누만 누군가가 만들었군."

"그런 것은 아니고……."

교도소에 있는 것은 시간뿐이라더니 긴긴 시간 말만 단련한 작가의 입심이 의외로 세다. 주장이 확고하고 막무가내인 그로부터 대화의 주도권을 잡아보려고 아픈 곳을 찔러보았다.

"여기 계시면 가장 힘든 것이 무엇인지요? 가족을 볼 수 없는 것이라든가……."

"나는 여기서도 아버지를 만날 수 있지만, 자네는 바깥에서도 아버지를 만나지 못하지."

"아! '작가님'의 아버님도 이곳에 계신가요? 어쩌다가 같은 곳에……."

"나는 자네가 가슴 아프네. 나는 아버지와 같이 있지만, 자네는 아버지와 같이 있을 수 없으니까."

"그렇기는 합니다. 제 아버지는 돌아가셨으니까 당연하고, '작가님' 께서는 이곳에서 아버지와 같이……."

"자네 아버지는 내 아버지와 함께 계실 것이네."

"네? 무슨 말씀이신지? 제 아버지는 돌아가셨고, 결코 이런 곳에 들어올 분이 아니십니다."

"자네 아버지는 내 아버지 집에 들어올 수 있게 허락된 분이네."

"부친의 집은 어디에 있습니까?"

"내 아버지의 집은 도처에 있지."

"무척이나 부자신가 봅니다."

"그렇지. 세상에서 가장 부자일걸세."

이야기를 계속해야 할지 부심하면서도 얼굴에 드러내지 않으려 애썼다.

"자네는 앞으로 영원히 아버지를 보지 못하게 될지도 몰라."

"왜……요?"

"죄를 지었으니까."

나는 이 순간이 매우 신랄하게 느껴졌다. 감옥 안의 죄인이 감옥 밖의 사람에게 죄를 묻고 있었다.

"죄를 지으면 왜 아버지를 못 만나나요?"

"죄가 자네와 아버지를 끊어놓았으니까."

사실, 아버지와의 인연이 끊긴 것은…… 분명 내 잘못이었다. 나는 아버지에게 고분고분하지 못했고, 말썽을 부렸고, 끊임없이 돈을 가져다 썼고, 심심찮게 가출도 했다. 우걸은 이 늙수구레하고 오만한 늙은이에게 어디까지 내 이야기를 한 것일까. 우걸은 그런 이야기를 함부로 할 친구는 아니었다. 이 진짜 죄인은 불경스럽게도 넘겨짚었을 것이다.

"네. 맞습니다. 맞아요. 아버지 살아 계실 때 제가 잘못한 것이 많습니다. 불효했죠. 아버지의 임종도 지키지 못했으니까요."

"죄를 지으면 아버지와 함께 있지 못하지."

"그렇게 말씀해주시니 감사합니다만…… '작가님'은 죄를 지었는데 어떻게 아버지를 만나고 계신다고 말씀하십니까?"

"나는 죄를 지어서 이곳에 있는 것이 아니라 죄를 지은 자들을 위해 왔네."

"그럼 저도 도우실 겁니까? 저는 어릴 때 아주 거대한 존재가 우주 전체에 걸쳐 있다고 믿었습니다. 그것이 맞나요?"

"그분이 내 아버지이네."

"그분을 한번 뵐 수 있을까요. 제가 그분을 한번 만나볼 수 있게 도와주십시오."

"그럼, 자네가 죄인임을 나에게 고백하겠는가?"

부조리극을 연습하는 느낌이다. 그렇다면 본격적으로 그 연극을 해보자는 심사가 올라왔다.

"이곳에서 죄인임을 고백하라는 뜻인가요? 불효는 했지만 이제 철도 들고 했으니 뜻을 세워 제대로 살아가려고 합니다."

"인간의 뜻으로는 죄를 없애지 못해."

"마음을 깨끗하게 하면서 살아가야겠죠."

"인간의 마음보다 더 부패한 곳이 없네. 자네 마음이나 뜻만으로는 아버지를 만날 수 없어."

"하지만 바른길로 가려고 노력하면 앞으로 다른 삶을 살 수도 있을 거예요."

"인간이 보기에는 바른 삶으로 보여도 결국 죽음으로 가는 길이 되지."

"인간은 다 죽으니까요."

"아버지를 만나고 싶나?"

"아뇨. 죽은 아버지가 다시 살아 오는 것보다 제가 죽어서 만나는 편이 빠를 것 같네요."

"자네는 죽어도 아버지를 만날 수 없네. 자네 아버지도 내 아버지도 만날 수 없네. 하지만 아버지에게로 가는 길은 있네."

"이제 집으로 돌아가야겠습니다. 그 길은 제가 찾아보겠습니다."

우걸은 자동차를 운전하면서 내가 무슨 이야기를 나눴는지 묻지 않았다. 하기야 그치에게 이미 과대망상 발언을 듣지 않았을 리가 없다.

"정신병원에 가야 할 사람 같던데, 자신을 신으로 믿고 있는 사람 아니야?"

"너는 어때? 너는 작가다. 전지적 관점에서 시공간을 마음대로 만들고 그 안에 인물들을 창조하고, 그들의 운명도 신처럼 마음대로 꾸려나가잖아. 너도 마치 신처럼 생각하고 일하고 있을걸."

"전지적 관점? 야, 네게서 그런 표현을 들으니 신선하다."

우걸의 표현을 드라마 대사에 써먹으려고 머리에 새겨둔다.

"그 사람은 교도소뿐만 아니라 자기 감옥에 갇힌 사람 같았어."

"너는 네 작품 속에 갇혀 있지 않나? 내가 보기에 너도 네 작품 속에 갇혀 있는 것 같은데."

"그래. 내가 작품에 좀 집중하긴 하지."

집에 도착하자마자, 우걸은 마루 가까이에 둔 화분을 먼저 살핀다.

가지를 조심스럽게 손으로 만지며 들여다본다.

"아보카도 나무야. 죽어가고 있기에 가지치기를 했어. 몸을 잘라내는 것이지. 거의 죽어갈 때 다시 살리는 방법이야."

"그 '작가'도 긴급한 소생이 필요하던데."

죽어가는 아보카도를 놓지 못하는 우걸의 정성 어린 모습에 입이 저절로 다물린다. 우걸의 저런 삶의 태도는 언제나 사람을 진정시키는 면이 있었다. 우걸의 존재 자체가 교도소에 큰 도움이 될 것이다. 나는 혈기 방장함 때문에 타인은커녕 나 스스로에게도 도움이 되지 못한다. 그런 면에서 '작가'의 과대망상증은 일견 건강해 보이기까지 한다. 적어도 사람을 도와주기 위해서 왔다는 마음을 가진 자였다.

"나무가 살아나려면 이 메마른 가지 안에 생명이 남아 있어야 해. 생명이 없으면 어떤 묘약으로도 다시 살려낼 수 없어."

우걸이 떠난 후, 나는 교도소에서 사 온 비누 포장을 뜯었다. 자투리 비누로 우걸의 등을 씻어주던 날 새 비누가 필요하다고 느껴 산 것이다. 우중충한 쑥색 비누는 분홍, 노랑 혹은 흰색인 시중의 비누와 많이 달라보였다. 수수하고 거친 질감이 도리어 순수하게 느껴진다. 하지만 죄수들 손이 만든 비누로 내 손을 씻는 것이 아이러니하게 느껴진다. 손을 씻었다는 표현은 나쁜 것을 멈춘다는 뜻이지 않던가.

어제 사다 놓은 우유와 빵으로 간단하게 끼니를 때웠다. 컴퓨터를 가지고 옥상으로 올라갔다. 위치를 가늠할 수 없는 숲 어디쯤에서 뻐꾸기 울음 소리가 날아온다. 병풍처럼 둘러싸인 산을 휘감아 돌다가 메아리가 되어 돌아온 뻐꾸기 소리에 어수선하던 마음이 금세 잔잔해진다. 산 중턱 왕관의 위치를 가늠해본다. 밤에 사방으로 위용을 드러내면서 번쩍거리던 왕관은 태양 아래에선 빛을 잃고 뭉뚱그려 웅크리고 있다. 고급 리조트나 유별난 별장 정도로 여겨지지만 단정할 수는 없다. 밤에도 빛 때문에 보이지 않고, 낮에도 빛 때문에 보이지 않는다. 낮에는 형체가 훨씬 더 멀리 물러나버리기 때문이다. 드라마를 완성하는 날 정체를 확인하러 갈 것이다.

옥상의 슬레이트 처마 밑에 단출하게 앉아 작업의 워밍업을 시작한다. 이리저리 떠오르는 생각을 메모해두는 편이 줄거리 구성에 유리하다. 오늘 만난 '작가'에 대해 적어놓자. 과대망상증을 앓는 도둑. 감옥에 감금되어 있으면서도 자신을 우주의 창조자라고 여기는 도둑. 자신이 만든 감옥에 감금된 신! 기발하고 재미있는 상상이 떠오른다. 그를 죄수들의 왕으로 명하고 왕관을 씌워주자. 내가 미워하고 증오하는 사람들을 그의 백성으로 삼게 해주자. 왕이 그 죄인들을 다스리게 감옥으로 집어넣어 주자.

감옥 안으로 불러들일 죄인들을 생각해보았다. 첫 번째가…… 단연코 형이다. 형의 가장 큰 죄는 내 말을 믿지 않은 것이었다. 나는 보이는 대로 이야기했을 뿐이다. 어느 날 자전거의 두 바퀴가 길에서 놀고 있는 광경을 목격했다. 그들은 차나 사람이 없는 도로에서 놀이에 몰두하고 있었다. 갑자기 자동차가 달려왔고, 그들은 부리나케 다시 자전거로 돌아가서 달리는 척했다. 순간 자동차가 자전거를 피하려다가 나를 칠 뻔했다. 집에 가서 본 대로 말했더니 또 거짓말하느냐고 심하게 꾸중을 들었다. 차에 치일 뻔했는데 걱정은커녕 야단을 치니 형이 나를 아끼기나 하는지 마음이 상했다. 넘어져 무릎이 까진 것을 보여주어도 마찬가지였다. 빨간약을 발라주긴 했지만, 바퀴가 빠져 제 마음대로 놀던 자전거 이야기는 그만하라고 했다. 바퀴가 빠진 것은 나라고 심하게 핀잔을 주었다. 우걸에게 억울함을 이야기했더니, 자전거 바퀴들도 우리처럼 자유롭게 놀고 싶을 때가 있을 것이라고 했다. 내 말을 제대로 믿는 것은 우걸 밖에 없었다.

형이 아예 나를 거짓말쟁이로 취급하게 된 것은 아이스크림 사건 때문이었다. 지금도 이해가 되지 않는데, 아버지가 시장에서 아이스크림을 사서 가지고 오신다는 표현이 말이 안 된다는 것이었다. 라면은 되고 오징어도 된다고 했다. 하지만 아이스크림은 안 된다고 했다. 녹는 것은 안 된다는 것이다. 참으로 이해가 안 되는 부분이다. 나는 도리어 녹기 때문에 아버지가 아이스크림을 사 오신다고 쓴 것이었다. 우리에게 주고 싶은 아이스크림이 녹기 때문에 아버지가 얼마나 애가 탈까 싶어서 그렇게 적은 것이었다. 주고 싶어도 중간에 녹아버려서 주지 못하는 것이 세상에 얼마나 많은가. 내가 형에게 하는 말도 중간에 녹아서 없어지지 않던가.

마음만 중간에 녹아서 사라지는 것이 아니었다. 분명히 동업자에게 거금을 건넸는데, 친구는 받은 적이 없다고 했다. 나는 돈을 건넨 정황을 조목조목 말했지만, 친구는 받지 않은 상황을 조목조목 말했다. 다른 친구들은 정황을 정확하게 이해하지 못했고 누가 맞는지도 헤아리지 못했다. 내가 그렇게 큰돈을 가졌을 리가 없다는 쪽으로 의견이 기울었다. 결국, 나는 확실한 거짓말쟁이가 되고 말았다. 아버지가 아이스크림을 가져다주는 마음으로 돈을 가져다가 친구에게 준 것인데, 빠른 시간에 아이스크림은 사라져버렸다. 어쩌면 형의 말이 맞는 것인지도 모르겠다.

감옥 안에는 최수진 작가도 넣어버리자. 내가 보조 작가로 있을 때 나를 무시하고 내 의견을 무시했다. 내가 그녀를 이겼으니 이미 벌을 받았지만, 아직도 내 재능을 의심하며 칼을 갈고 있을 것이다. 나쁜 생각을 품은 것만으로 감옥행이 충분하다. 내가 새 드라마를 끝낼 때까지 그곳에서 나오지 않는 편이 좋다.

그리고 제작국장! 내 재능에 찬사를 아끼지 않다가 갑자기 변절하여 나를 시험한 죄가 있다. 술집 벽에다 성경을 바르면 그곳이 교회가 될 것이라고 선언한 죄도 있다. 그 감옥의 벽에 성경을 발라주고 사람들이 회개하는지도 보면 되겠지.

보조 작가 수동 씨도 감옥행이다. 감옥 안에서 최수진과 수동 씨가 만나서 새 작품을 써도 좋겠지. 흐흐.

점점 기분이 좋아진다. 또 누구를 감옥에 집어넣을까. 내 시를 심사해서 떨어뜨렸던 모든 신춘문예 심사자들과 나보다 실력이 없으면서도 신춘문예에 당선되어 내 왕관을 뺏어 쓴 신춘문예 당선자들도 감옥행이다. 신춘문예 작품을 5년 동안 7번 응모했으니, 7명 모두 감옥행이다. 그리고 내가 한참 드나들던 PC방의 사장도 감옥행이다. 수상쩍은 표정으로 나를 훑어본 죄다.

상상만으로 즐겁고 흐뭇하다. 그래, 감옥을 죄인들의 놀이터처럼 구상하자. 과거의 사람들도 불러오자. 서봉총을 파헤친 일본인들도 감옥행이다. 감히 남의 나라를 점령하고 왕과 조상들의 무덤을 파헤쳤으니 옛날 같으면 참형도 가볍다. 삼족을 멸할 중죄다. 서봉총에서는 관모나 대도가 보이지 않으니 남성의 고분은 아니라고 전문가가 말했다. 귀고리와 허리띠와 여성 장신구가 나온 것으로 보아 여성의 무덤이다.

차릉파는 어머니를 어릴 때 잃어 얼굴도 보지 못했다. 그곳에 어머니가 자고 있다고 할머니가 거짓말을 하는 바람에, 서봉총이 열렸을 때 어머니가 그 안에서 나왔다고 생각하게 된 것이다. 그러면 차릉파도 감옥에 넣어야 할까. 이것은 좀 복잡하다. 차릉파는 내 분신인데⋯⋯. 작가와 등장인물이 분리되기까지 보류하자.

아 참! 죽은 자들을 불러올 수 있다면, 이참에 우걸이 말한 토마스 선교사도 감옥에 같이 넣어야겠다. 우걸이 내 의사와 상관없이 성경방을 만든 것은 토마스 선교사에 대한 감동과 맥락을 같이 하고 있었다. 찾아보니 토마스 선교사는 무장한 미국 제국주의의 배를 타고 허락도 없이 대동강 강가로 들어와서 평양의 선량한 백성을 죽인 자들과 한패였다. 그런데도 우걸은 토마스 선교사의 죽음을 순교라고 떠받드는 자들과 생각을 같이 하고 있다. 나의 작업실을 이렇게 도배질 한 것은 오직 하나, 나에게 전도할 목적 때문일 것이다. 토마스 선교사는 목숨을 걸고 조선에 왔지만 전도도 제대로 해보지 못하고 죽었으니 한편으로 가엾다. 그러니 계속 전도할 수 있도록 감옥에 넣어주자. 그 생각에 이르자 다시 히히 웃음이 나온다.

사실 역사적인 이야기가 기막혔다. 과거 평양성의 영문주사이자 성경을 수거했던 박영식의 집이 최치량의 주막이 되었고, 토마스 선교사가 죽은 지 27년이나 지난 1893년, 마펫 선교사가 평양에 왔을 때 이 주막에 머물게 되었다. 벽이 성경으로 도배가 된 것을 보게 된 마펫 선교사는 최치량을 불러 그 사연을 물었다. 최치량도 그제야 어릴 때 목격했던 양인이 토마스 선교사였고 그가 죽어가면서까지 건넨 책이 성경임을 알게 되었다. 마펫 선교사를 통해 복음을 들은 최치량은 예수님을 믿게 되었고 세례도 받았다. 얼마 후 평양에 널다리골 예배당이 생겼다. 그러니까…… 술과 밥을 팔고, 객들이 자고 가던 주막이 초기 교회가 된 것이었다.

게다가 널다리골 예배당 근처에 살고 있던 노인이 어느 날 마펫 선교사를 찾아와 울면서 죄를 고백했다. 그가 30년 전에 토마스 선교사를 죽인 박춘권이었다. 박춘권은 널다리골 예배당에서 울리는 종소리를 들을 때마다 견딜 수가 없었노라며 용서해달라고 엎드려 간구했다. 그는 나중에 교회 장로가 되었다. 그는 자신이 간직하고 있던 성경책 한 권을 조카 이영태에게 주었다. 이영태도 성경을 읽다가 예수님을 믿게 되었다. 그는 평양 숭실학교를 졸업한 후 신학을 공부하고 목사가 되었다. 그가 레이놀즈 선교사를 도와 성경을 한글로 번역한 사람이고…… 그렇게 해서 한글 성경이 저 벽에 저렇게 도배가 되었다. 내가 성경방에 이렇게 죽치고 앉아 있게 된 것이 토마스 선교사 때문이었구나. 글의 감옥에!

교도소에서 만났던 '작가'가 다시 떠오른다. 그는 자신이 만든 감옥에 갇혀 있었다. 나는 내가 만든 감옥에 들어가고 싶지 않다. 그런데 교도소에서 '작가'와 인터뷰하고 헤어질 때 장면이 뇌리를 떠나지 않는다. '작가'는 바깥까지 나가서 배웅하겠다고 했다. 가능하지 않은 일이었다. 내가 아무리 우걸의 친구라고 해도, 그런 특권을 따낼 수는 없었다.

그는 내 대답은 듣지 않고 갑자기 자리에서 일어나더니 성큼성큼 문을 향해 걸어갔다. 그는 여행이라도 떠나는 사람처럼 커다랗고 검은 선글라스를 쓰고 햇살이 홍수처럼 쏟아져 들어오는 문을 열어젖혔다.

교도소 건물의 입구로 걸어나가기 시작했고, 나는 서둘러 따라갈 수밖에 없었다. 감시하는 사람이 보면 제지하러 올 것 같았다. 하지만 그는 거침없이 걸어나갔다. 마치 내가 그를 따라 탈옥이라도 하는 느낌이었다. 그는 자유로워 보였고, 나는 주눅이 들어 눈치를 보았다. 그가 교도소의 문을 열자 햇살이 첫 번째 문과 두 번째 문 사이로 들어섰고, 우리는 빛이 안내하는 길을 따라 밖으로 나갔다. 주변을 두리번거렸지만 그를 제지하는 사람은 아무도 없었다.

죄의 공룡

　정빈의 관심사가 고양이에서 공룡으로 옮겨갔다. 공룡에게 날개가
있었는지, 그렇게 몸집이 큰데 어떻게 풀만 먹고 살 수 있었는지, 공룡
이 살았던 중생대로 다시 돌아가는 방법이 있는지, 아들은 종일 공룡
이야기만 한다. 지나치게 공룡에 몰두하는 기색이어서, 차라리 고양이
를 사줄까 하고 만우가 넌지시 물어보려는 순간이었다. 정빈은 갑자기
울음을 터뜨렸다. 간신히 달래고 이유를 물어도 대답을 하지 않는다.
울음을 멈추고도 한동안 울먹대더니 한참만에야 입을 열었다.

　"아빠! 그렇게 큰 공룡도 다 죽었어. 우리도 죽는 거야?"

　아들의 얼굴에 두려움이 서려 있었다.

　"모두 다 죽는 거야? 아빠도 죽고 나도 죽는 거야?"

　"응. 그런 모양이야."

　"그럼 왜 살아?"

만우는 살아오면서 이렇게 어려운 질문을 받아본 적이 없었다. 긴 속눈썹 아래로 눈이 촉촉하게 젖은 정빈이 그를 쳐다보았다.

"고양이 갖고 싶어?"

"고양이도 죽을 거잖아."

"과학이 더 발달하면 공룡을 살려낼 수 있을 거야."

"〈쥐라기 공원〉에서 호박에 갇힌 모기 피로 공룡을 다시 살려내는 것 봤어. 그런데 그건 영화잖아."

정빈은 금방이라도 다시 울음을 터뜨릴 기세다. 만우는 무엇인가 아들에게 위로가 될 만한 것을 찾아주고 싶다. 벽에 붙여놓은 정빈의 시가 눈에 들어온다.

"죽어도 죽지 않게 하는 방법은 네가 알고 있던데."

"뭔데?"

"네가 시 속에 공룡을 넣어두면 되잖아. 네가 시 속에서 공룡을 뛰놀게 해주면 되잖아."

"아! 그러면 되겠다. 그걸 잊고 있었네."

얼떨결에 한 말인데 정빈의 두 눈에 생기가 돌아온다. 아들은 죽은 생명을 살려내는 기적을 깨우친 듯 신이 났다. 정말 시 속에 공룡을 키울 작정이다. 화석이 되어버린 익룡들을 깨워 그 등을 타고 날기라도 할 기세다. 시 속에 마음을 담으면 가능할 수도 있겠지. 천우의 어린 모습이 얼핏 겹쳤다. 저렇게 좋아하는 것을 거짓말이라고 몰아세우고, 더구나 시 쓰지 말라며 혼을 냈었다. 가슴 한쪽이 저리다가 인간도 공룡처럼 결국 사라지고 만다는 사실로 생각이 이어지자 두려움이 엄습한다. 죽음!

죽음은 멀리 있지 않았다. 죽음을 생생하게 체험한 것은 지난 사고 때였다. 그는 날카로운 비명소리를 들었고, 하늘에서 철퇴가 사정없이 자신을 향해 날아오는 것을 보았다. 순식간에 아수라장이 났다. 거대한 쇠기둥이 벼락같이 떨어지면서 그의 다리 한쪽을 치고 지나갔고, 그는 정신을 잃어버렸다. 포클레인 기사가 쇠기둥을 들어 올리다가 그 무게가 지나쳐 허공에서 떨어뜨렸다는 사건의 경위를 듣게 된 것은 병원에서 정신을 차리고 나서였다. 그 사건 이후에 그는 죽음이 하늘에서 철퇴처럼 내려오는 꿈을 꾸곤 했다.

병원에서는 다행이라고 했다. 반쯤 죽다 살아났는데 다행이라니 열불이 터졌다. 한쪽 다리를 절룩거리는 생을 살아야 하는데 무엇이 다행이냐고 그는 소리 질렀다. 그러나 몇 개월 병원에 깁스 상태로 머무는 동안 다행이라는 표현이 절로 입에서 튀어나왔다. 그 비명소리를 듣지 못했다면 0.01초 만에 머리가 수박처럼 깨져버렸을 것이다. 사고 현장에는 포클레인 기사가 있었고, 강아지가 있었고, 그리고 아무도 없었다. 포클레인 기사는 너무 놀라 비명조차 지르지 못했다고 고백했다. 아무도 비명을 지른 이는 없었다. 그의 내면에 위험을 감지하는 기관이 알려준 것일까. 만우는 아들 쪽으로 눈길을 옮겼다. 한참 컴퓨터를 놀리던 정빈은 신이 나서 소리친다.

"아빠, 내가 시 속에 카르노타우루스가 졸래졸래 나를 따라온다고 썼어. 그랬더니, 내 볼펜 끝을 따라서, 정말 나를 졸래졸래 따라오네. 공룡이 나를 위협하지 않고 덩치가 큰 강아지처럼 따라오는 거야."

"네가 공룡을 살렸구나."

"공룡을 살린 것은 글자들이야. 글자들이 힘 있게 공룡을 걸어다니게 만들어 준거지. 내가 볼펜으로 쓰긴 하지만, 어쨌건 글자가 공룡을 뛰어다니게 만든 거야. 나 혼자서 공룡을 살리진 못해."

정빈이 글을 배워 시를 쓸 수 있는 것이 다행이었다. 만우가 죽으면 아들은 시 속에서 그를 살려낼 수도 있을 것이다. 정빈에게 위로가 될 것이다. 하지만…… 그는 결국 죽고 말 것이다. 정빈이 아무리 시 속에서 그를 살려놓아도, 그는 결국 죽고 말 것이다. 오열이 일어난다. 아버지가 그와 천우를 두고 죽음을 생각했을 순간을 생각하니 먹먹해지면서 견디기가 힘들다. 열심히 일하는 것이 무슨 소용이 있나. 여태 열심히 산 것도 허망하다. 그의 아내는 그가 사고 후유증으로 우울증을 앓는다고 했다. 그는 삼백육십오 일 동안 하루도 일을 거른 적 없고 힘든 내색 한 적도 없이 소처럼 일만 했다. 그렇게 죽어라고 일한 의미를 모르겠다고 하소연하자, 우걸이 말했었다.

"형님, 저기 저 구름이 보이시죠. 저 구름이 곧 비가 되어 내리겠죠. 그리고 땅속에서 흐르다가 다시 하늘로 수증기나 안개가 되어 올라가겠죠. 그리고 다시 구름이 될 거예요. 우리가 매일 반복하는 일처럼 자연현상도 되풀이되는 것처럼 보입니다. 그런데 저 비가 땅에 내려서 아무것도 하지 않는 것이 아닙니다. 저 비는 땅속에 들어가면 씨앗에 싹을 틔우거든요. 새로운 생명을 만들어내는 거예요. 비나 눈도 헛되이 하늘로 되돌아가는 것이 아닙니다."

"그렇지. 비나 눈이 싹도 틔우고 열매도 맺게 하고, 우리에게 먹을 양식도 주고."

"맞습니다. 형님이 매일 하는 일도 그런 식으로 생명을 키우고 가족에게 먹을 양식을 주고 있습니다."

"하지만 인생무상이야. 곧 죽고 말 테니까. 내가 사고를 당해서 그런지 요즘 부쩍 죽음을 자주 생각하네. 무슨 일이건 모두 허사야. 천우를 보고 가려고 했는데 헛걸음했네."

"그렇지 않습니다. 형님이 여기까지 자기를 보러 오신 것을 천우가 나중에 알면……."

"말하지 말게."

그는 쑥스러워서 말을 막았다. 하기야 나중에라도 그의 방문을 천우가 알면 마음을 돌리는 데 조금은 도움이 될 것이다. 천우도 경주에 왔다가 차마 형에게 연락하지 못하고 돌아갔다. 그래, 헛걸음한 것은 아니었다. 그렇다면 왜 이 세상에 와서 헛걸음처럼 보이는 인생을 사는 것일까. 아들의 질문처럼 곧 죽을 인생을 왜 사는 것일까. 마음이 허전해서 견딜 수가 없다. 다시 도피처는 일밖에 없다.

그는 집을 나섰다. 고물상으로 가면서 바깥 풍경을 유심히 보았다. 차창 밖으로 경주 특유의 풍경인 왕릉과 고분들이 저 멀리 보인다. 그는 경주의 모습을 새롭게 바라보면서 차를 달린다. 퇴원하고 나서 제대로 걷게 되었을 때 그는 새삼스럽게 경주 구경을 나섰다. 다친 다리 때문에 걷고 싶어졌는지도 몰랐다. 삼 개월 동안 제대로 기동을 못 했더니 살은 더 쪘는데, 깁스를 푼 한쪽 다리는 앙상하니 가늘어져버렸다. 그 다리를 보자, 갑자기 걷고 싶어졌다. 태어나서 자란 곳을 한 번도 제대로 걸어보지 못한 느낌이었다. 병원에 누워있을 때, 퇴원하면 그렇게 하자고 마음먹었다. 경주에 살면서도 박물관 구경을 언제 해봤는지 기억도 없었다. 동궁과 월지에도 가보고 싶었다. 말로만 듣던 금관총이나 황남대총의 비단벌레 유물도 보고 싶었다. 비단벌레가 천오

백 년이나 지나서 아름다운 날개를 펼치며 세상에 나타났다고 들었다. 그곳에 가서 눈으로 직접 확인하고 싶었다.

아무도 믿지 않겠지만 그는 병원에서 비단벌레를 보았다. 휠체어를 탄 채 산책하던 때였다. 병원 뜰 고목 아래에서 쉬는데 느티나무 잎사귀 위의 반짝거림이 느껴졌다. 잎사귀 위의 '그것'은 금속성 광택을 가진 초록색으로 매우 아름다웠다. 제대로 설 수만 있다면 살아 있는 비단벌레를 볼 수 있었다. 한 다리로 서 보려고 하다가 자칫 나뒹굴 뻔했다. 비단벌레는 존재를 확인시키려는 듯 아주 천천히 날개짓하며 날아갔다.

그는 비단벌레를 보았다는 사실을 아무에게도 말하지 않았다. 비단벌레를 보았다고 하면 다친 후유증 때문에 이상해졌다고 할 것 같았다. 퇴원하면서 그 장소에 가니, 느티나무 가지들이 기억보다 한층 높이 있었다. 잎사귀 위에 앉은 비단벌레가 시야에, 더구나 휠체어까지 탄 그의 시야에 들어올 수 있는 위치가 아니었다. 경주의 상징물처럼, 관광객을 실어 나르는 유람차도 비단벌레의 형상을 하고 있지만, 비단벌레를 본 사람은 거의 없었다. 만우는 그것을 아무에게도 말하지 않기로 했다. 형, 가슴에 가지고만 있어도 괜찮은 것들이 있어. 천우의 앳된 목소리가 들리자 눈물이 번진다. 갱년기가 왔다고 아내가 그를 자주 타박했다.

경주시가 비단벌레를 좋아하는 이유는 경주가 고대도시임을 보여주는 좋은 견본이기 때문이라고 들었다. 비단벌레는 황남대총에서 발견된 것으로 세계적으로도 유래 없는 귀한 유물 속에 포함되어 나왔다. 비단벌레의 날개 수천 개를 붙인 말 안장꾸미개와 허리띠꾸미개가 발굴되었기 때문이다. 마구를 장식한 금록색의 화려함과 장엄함이 사람들을 압도한다고 했다. 세계적으로 거의 유일한 유물이었기에 경주의 상징이 되었다. 정빈을 통해 안 것이지만, 중생대에서도 곤충류가 발견되었다. 잠자리나 바퀴벌레 그리고 딱정벌레의 화석도 중생대에 있다고 했다. 황남대총에서 발견된 비단벌레 이야기를 했더니 정빈은 뛸 듯이 좋아했다. 비단벌레는 황남대총이 아니라 금관총에서 1921년에 최초로 발견되었다고 책을 가지고 와서 확인시켜주기까지 했다. 정빈은 제법 많이 알고 있었다. 지식에 대한 정빈의 왕성한 호기심이 부러웠다. 그는 자신이 갖지 못했던 것들을 아들을 통해 보는 것이 참으로 흐뭇했다. 그래서 그도 직접 보고 싶었다. 사고 이후로 경주가 새롭게 다가왔다. 매일매일 같은 날이라고 생각했는데, 조금씩 다른 날 같아 기뻤다.

왜 여태 이런 기쁨을 모르고 살았을까.

만우는 철물점 옆 고물상 앞에 차를 세운다. 문을 열려고 열쇠를 꽂으려는 순간, 문이 저절로 밀린다. 누군가가 침입한 것이 분명하다. 다치고 나서 다시 돌아오고 싶지 않아 한동안 비워둔 곳이었다. 그동안에 수상한 일이 벌어졌거나 지금 벌어지고 있다. 만우는 기척을 내지 않으면서 안으로 들어갔다. 그의 다리를 다치게 했던 긴 쇠기둥은 산더미같이 적재된 폐품들을 베고 비스듬히 누워 있다. 그가 다칠 때 땅에 꽂힌 그대로다. 그는 그 기둥에 맞아 죽을 뻔했다. 그런데 그 기둥에 비닐 텐트를 치고 삶을 영위하고 있는 이들이 보였다. 한 할머니와

조그마한 여아였다. 그들은 막 지은 밥을 먹으려다가 그에게 들킨 것이다.

"할머니, 언제부터 여기 계셨어요?"

"응…… 곧 갈거여. 이 아이 밥만이라도 먹이고 가게 해줘."

할머니는 그가 소리라도 칠까봐 지레 질려 있다. 만우는 차마 아이가 있는 비닐 천막 안을 제대로 들여다볼 수 없었다. 할머니께 위협적인 느낌을 주지 않도록 고물 더미 뒤쪽으로 돌아갔다. 고물상 뒤쪽은 큰 바위가 언덕으로 이어지는 지점을 받치고 있어 그 밑으로 깊숙한 천연 동굴이 만들어져 있었다. 그가 천연 냉장고로 사용하는 그곳에서 단무지와 시원한 물을 가지고 나왔다. 할머니는 말없이 받아들고 비닐 천막 안으로 다시 들어갔다. 그는 그들이 밥을 먹을 때까지 기다렸다. 비닐 천막 밖에는 큰 비닐 가방 하나가 보인다.

세상에! 어디에서 와서 이곳에서 생명을 부지하고 있는 것일까. 그의 생명을 뺏어갈 뻔했던 이 쇠기둥을 기둥 삼아 천막을 치고 폭염과 세상의 위험을 피하고 있었다. 이곳에서 어린 손녀에게 밥을 먹이고 있다. 순간, 만우의 온몸으로 울음이 터져나온다. 눈물이 사정없이 쏟아진다. 어릴 때부터 가장 부끄러운 곳이 아버지의 고물상이었다. 세상에서 가장 쓸모없는 것들을 모으는 곳이 자신의 집이라는 사실이 견디기 힘들었다. 아프고 부끄러운 곳이었다. 유업이 아니라면 벌써 없앴을 것이다. 아니, 유업이어서 버리지 못한 것만은 아니었다. 최근 경주의 갈아엎기식 재건축은 고물상에 상당히 좋은 수입원이 되어주었다. 사람들은 그가 그렇게 많은 돈을 벌었다는 것을 눈치 채지 못했다.

지금 보니 황폐한 곳은 고물상이 아니었다. 고물은 다름 아닌 그였다. 희망과 기쁨을 가지고 샀던 것들도 유효기간을 다하고 버려진다. 그러나 그의 삶은 아예 희망이나 기쁨을 가져보지 못했다. 처음부터 버려진 삶이었다. 저 무너진 담처럼 제대로 된 모습을 가진 적이 없었다. 절룩거리는 다리를 내려다보는 순간 다시 울음이 솟구친다.

비닐 천막 안에서 할머니가 구부정하게 허리를 숙이고 걸어나왔다. 할머니는 손녀에게 밥을 다 먹인 듯했다. 이제 떠나겠다는 말을 하기 위해서 다가오고 있는 듯했다. 날아갈 듯 가벼워 보이는 할머니는 조심스레 울고 있는 그의 앞으로 와서 몸을 숙였다. 고맙다거나 미안하다는 뜻이었다. 그가 더 고맙고 미안했다. 할머니는 천천히 몸을 낮추더니 납작하게 몸을 접어 그에게 절을 했다. 그는 서 있는 것조차 황송했다. 오열이 다시 터진다. 고개를 든 할머니가 게처럼 그를 향해 기어온다. 참아보려 해도 울음이 멈추지 않아 그는 주저앉는다. 무릎을 짚고 간신히 일어난 할머니가 그의 어깨를 가만가만 두드린다. 너무나 가벼운 토닥거림이다. 두드림 속에서 따뜻하고 가벼운 기운이 전해져 울음이 조금씩 잦아든다. 태어나서 가장 큰 위로를 받은 느낌이다. 그는 그 자리에 오래 그대로 앉아 있었다.

그가 정신을 차리고 일어났을 때 그들은 사라지고 없었다. 그 쇠기둥에 걸쳐 있던 비닐 천막도 안개처럼 사라져버렸다. 그들이 앉아 있던 거적도 사라졌다. 아예 없었던 사람들처럼 조용히 흔적도 없이 사라져버렸다. 비단벌레를 봤던 날의 느낌이 들었다. 그때 쇠기둥 옆에 놓인 빈 그릇 두 개가 보였다. 조금 전 그가 단무지와 시원한 물을 담아 주었던 그릇들이다. 환상이 아니었다. 깨끗이 씻긴 그릇에는 물기가 남아 있다.

만우는 그들이 밥을 먹던 자리에 가서 앉는다. 몸을 구부리니 뜨거운 것이 솟구쳐 올라온다. 아들의 공룡이 살아나듯, 그의 몸 안에서 무엇인가가 살아난다. 화석이 된 공룡의 마른 몸에 숨어 있다가 솟구치는 피 같다. 공룡의 거대한 뼈 속에 숨어 있다가 순식간에 불어나는 살점처럼 거대하고 풍성하다. 그는 온몸을 둥글게 말았다. 어떻게 합니까, 아버지! 저를 용서해주세요. 동생이 돌아온 날 밥도 제대로 먹이지 않은 채 쫓아내고 말았습니다. 용서해주세요. 아, 이 일을 어찌합니까. 아들이 살려낸 거대한 공룡은 죄로 몸이 어마어마하게 불어난 자신이었다. 그는 절규했다. 저 할머니와 아이처럼, 오갈 데 없어서 온 천우를 제가 쫓아냈습니다. 태풍이 부는 날이나 비와 눈이 오는 날에도 어디서 밥을 먹는지 생각하지 않았습니다. 이 아이 밥만이라도 먹고 가게 해줘. 할머니가 했던 말이 다시 귀에 울려서, 그는 땅을 친다. 아버지가 말했었다. 이 아이가 밥만이라도 먹게 제발 그만해. 아, 귀가 찢어지듯 몸 안에서 소리가 올라온다. 그날 천우를 집에서 내몬 사람이 그였다. 그는 울부짖었다.

천우야! 천우야!

죽을 텐데 왜 살아가야 해? 아들이 묻던 말이 다시 떠오른다. 무조건 열심히 일하고, 결혼하고, 아이를 낳고 키우면서, 몸이 부서져라 노력했다. 그 많은 수고가 무슨 의미가 있는지. 갑자기 견딜 수가 없다. 생각해보니 여태 죄를 짓는 데 최선을 다해왔다. 이 많은 죄를 어떻게 해야 할지 알 수 없다. 이 죄가 자신만 더럽힌 것이 아니었다. 아버지도 더럽혔다. 동생도 더럽혔다. 동생의 친구들도 더럽혔다. 이웃도 더럽혔다. 세상을 전부 더럽혔다. 아, 도무지 고개조차 들 수가 없다. 사람이 왜 죽어야만 하는지 이제야 알 것 같다. 너무 많은 죄를 지었다. 더는 살아갈 수 없을 만큼 많은 죄를 지었다. 그가 동생의 죄를 나무라며 집에서 쫓아냈는데, 그는 이 세상에서 쫓겨날 만큼 죄를 지었다. 그는 두렵다. 죽음이 두렵다. 아버지가 화장될 때의 모습이 떠오른다. 그 광경이 떠오를 때마다 견딜 수 없이 괴로웠다. 지금은 그것만 괴로운 것이 아니었다. 그는 돈을 더 벌기 위해 거짓말을 했고, 일부러라도 거칠고 흉악했고 진짜로도 그랬다. 아내 몰래 다른 여자를 만난 적도 있었다. 그때는 들키지 않고 정리가 됐다. 남자가 예쁜 여자에게 한때 끌리는 것은 당연한 일이라고 생각해서 당시에는 죄의식이 없었다. 그는 몸을 비틀며 운다. 그의 다친 다리를 정성스럽게 간호하던 아내가 떠오른다. 당신이 다치니까 내가 더 무서워요. 당신이 어떻게 됐으면 나도 못 살아요. 밤새워 그의 곁을 지키며 보살폈다. 그녀가 살뜰하게 보살피면 보살필수록 미안해서 눈을 맞출 수가 없었다. 참으로 해서는 안 되는 죄를 지었다. 필요에 따라 거짓말도 잘했다. 어떻게 보면 처음부터 끝까지 거짓말만 하면서 살았다. 아내를 만난 이후 거짓말은 더욱 심해졌다. 아버지도 지독한 환자였고 천우도 집을 나간 뒤였다. 아내의 마음을 사로잡으려면 집의 내력을 샅샅이 있는 그대로 알려줄 수는 없었다. 아내를 잡으려고 시작한 작은 거짓말이 다른 거짓말을 낳아서 이제는 어디까지가 거짓말이고 참말인지 분간이 잘 되지 않는다. 천우에게 거짓말한다고 나무라던 기억이 떠오른다. 천우와 견준다면, 거짓말 때문에 유황불에 먼저 던져질 사람은 자신이었다.

앞으로 어떻게 살아가야 하나.

지은 죄를 상쇄하려면 어떻게 해야 하나. 가난한 사람을 도와주면 될까, 할머니와 아이를 찾아서 도와주면 될까. 공기처럼 가볍던 할머니의 손길을 떠올리니 도리어 용기가 생기지 않는다. 그들의 깨끗함에 비해 공룡 같은 죄를 안은 자신이 어떻게 그들을 돕는단 말인가. 앞으로 거짓말을 하지 않겠습니다, 이것도 소용없는 일이다. 그가 쌓은 거짓말은 익룡처럼 날개를 달고 세상 위를 미끄러지듯 날고 있다. 앞으로 죽을 때까지 단 한마디의 거짓말도 하지 않는다 해도 이전의 거짓말을 씻어낼 방법이 없다.

행동으로 지은 죄뿐만 아니라 마음으로 지은 죄가 생각난다. 너무나 끔찍해서 지금으로서는 입에 담기조차 부끄럽다. 누군가를 마음속으로 미워하고 때리고, 때로는 죽였다. 만우는 고물 보관 창고에 쌓인 폐품들보다 더 망가진 영혼을 들여다본다. 차라리 절름거리는 육체가 훨씬 온전하다. 황폐한 영혼에서 수챗구멍보다 심한 악취가 올라와 고개를 흔든다. 바르다고 믿고 걸었던 길도 모두 죽으러 가는 길이었다. 스스로 가지 않아도 저절로 도달하고 말 것이다. 그는 이마를 땅에 대고 흐느낀다.

만우는 아들이 말한 곤충의 부활에 대해 생각했다. 사람들이 말하는 비단벌레의 부활에 대해 생각했다. 그들은 천 년 전에 살았다가 다시 세상에 나온 것을 부활했다고들 표현했다. 하지만 부활이라는 표현은 비유일 뿐, 비단벌레들은 생명을 얻지 못했다. 그저 아름다운 날개들만이 세상에 나와 좋은 구경거리가 되었을 뿐이다.

차릉파의 왕관

차릉파는 조자치에게 불려갔다. 연회를 미리 준비시키고 점검하는
이로, 용의주도하고 교활한 남자였다. 자주 치근덕거렸기 때문에 피하
고 싶었으나, 그러면 일하러 나갈 기회를 주지 않거나 트집을 잡아 다
른 사람 앞에서 망신을 주곤 했다. 조자치는 서봉총 특별전에서 느낀
점을 말해보라고 했다. 오늘 평양박물관에서 열리는 폐막식 후에 있을
연회를 대비하기 위한 것이었다. 주최 측에 듣기 좋은 말로 응대하기
위해서였다.

"금관의 봉황 장식이 아름다워서 서봉총이라는 이름이……."

조자치가 고개를 가로저었다.

"일본인들이 왜 서봉총 유물을 전시했겠어? 조센징 유물들이 자랑
스러워서 전시했겠어? 신라 유물이 얼마나 아름답고 귀한지 보여주려
고 전시했겠어?"

평양박물관이 지속적으로 전시해온 것은 백제 유물들이었다. 일본 관리들을 접대하는 기생들은 크고 작은 정보들을 손쉽게 주워듣곤 했다. 예를 들어 그들은 고구려 유물을 전시하지 않은 이유가 고구려는 우리나라 땅이 아니라고 여기기 때문이라고들 했다.

"평양박물관 관장님이 서봉총을 발굴하실 때 중요한 역할을 하셨다고 해요."

"그렇지! 그것은 여러 번 강조해도 되지!"

그녀는 서봉총이 파헤쳐지던 순간을 떠올렸다. 발굴 현장은 일반인이 가까이 갈 수 없었다. 능아는 동네에서 가장 높은 건물에 올라갔다. 경주의 집들은 초가 단층이었다. 동네에서 사람들이 싫어하는 건물이 있었는데 신식으로 지어진 2층짜리 건물로 일본인들과 내통하는 한 종교단체의 건물이었다. 그 건물의 2층에 가야만 발굴 현장을 내려다볼 수 있었다. 능아는 건물에 숨어 들어가서 2층의 반들반들하고 투명한 유리창을 통해 어머니의 흙집이 파헤쳐지는 것을 지켜보았다. 삽질하고 수레로 흙을 나르는 일이 여러 날 반복되었다. 와중에 할머니는 점점 기력이 약해졌다. 정신이 오락가락하자 헛소리를 시작했는데, 할머니는 그 흙무덤 속에 여왕이 살고 있다고 했다. 능아는 어머니가 여왕이었느냐고 물었고, 할머니는 그랬을 것이라고 했다. 여왕보다 더 예뻤다고 했다. 어머니를 닮아 그녀도 여왕처럼 예쁘다고 했다.

"네가 금관을 보러 박물관에 매일 들르니 눈에 띈 것 같더라. 오늘 저녁에 네가 연회의 여왕이 될 것이다."

조자치가 뜻밖에도 호의적이었다. 연회의 여왕은 그날 행사의 가장 높은 분 옆자리에 앉았다. 보통 기생의 자리는 즉석에서 정해지지만 오늘처럼 많은 사람이 모일 때는 미리 정해야했다. 그래야 남자들의 사소한 시비나 혼선을 막을 수 있었다. 연회에서는 가장 높은 지위에 있는 기생이 권주가를 불렀다. 차릉파는 술을 따르거나 담배에 불을 붙이는 정도였다.

"제가 권주가를 선창해야 하나요?"

"여왕이 무슨 권주가냐. 너는 여왕으로 있으면 된다."

차릉파는 무슨 말인지 이해가 되지 않았다. 친구들은 연회를 위해 최대한 화려한 옷으로 성장하고 황금빛 장신구를 꽂고 있었다. 조자치는 그럴 시간조차 주지 않고 그녀를 붙잡고 있었다. 그의 히죽거리는 웃음이 마음에 걸렸으나, 그와 금관 이야기를 나누니 시간이 흐를수록 기분이 평안해졌다. 그녀의 어린 시절 놀이터이자 젖무덤이었던 거대한 흙무덤에서 나와서 드디어 세상에 공개된 어머니였다. 전시회가 끝나고 어머니가 총독부의 지하로 돌아가버리면 다시 보지 못할 것이다. 차릉파는 서봉총 특별 전시회 동안 매일 찾아가서 어머니를 들여다보았다. 어머니는 고귀한 황금 인간이었다. 비록 몸은 다 사라져버렸으나 어머니의 영광과 화려함은 지울 수가 없었다.

"만져보고 싶을 만큼 아름다워요!"

"그렇지! 그렇게 말해야 하는 거야. 그리고…… 금관을 한번 머리에 써보고 싶다고 말해!"

"어림없어요. 내가 박물관에 매일 갔지만 가까이 가는 건 어림없었어요. 아무도 못 만지게 유리관 안에 들어 있었어요. 철저하게 감시하고 있었어요."

"네가 원하면 만지게 해줄 거야."

"왜요?"

"그렇게 하라면 해!"

금관은 결코 연회장으로 옮겨올 수 없을 정도로 경비가 삼엄했었다. 연회의 초대객 목록에는 평양의 거물급들의 이름과 다른 연회에서 한두 번 본 기관장들의 이름이 빠짐없이 들어 있었다. 평양의 명기들이 총동원될 예정이었다. 과거에는 경성의 명월관 기생들이 최고라고들 했지만, 최근에는 평양 기생들이 인기가 많았다. 레코드판을 내어 대중 스타가 된 기생도 온다고 들었다. 그런 어마어마한 연회에서 제정신에 감히 금관을 만지고 싶다고 입을 뗄 수 없었다. 어림 반 푼어치도 없는 일이었다.

"만져보고 싶지?"

"마음은 그렇지만……."

"그 금관을 써보고도 싶지?"

"어머니 것이라면 써보고 싶지요."

"어머니? 하기야 조상의 금관이니, 어머니의 어머니의 어머니의 어머니의 금관이지. 대대로 내려오는 너희 어머니의 금관을 딸이 한번 써본다는 것도 의미가 있지."

"농담하지 마세요."

"써보고 싶으냐고 물으면 꼭 그렇다고 대답해야 한다. 내 미래가 오늘 밤 너에게 달렸다."

조자치는 옷 담당에게 가서 새로 옷을 받으라고 했다. 무슨 말인지 몰랐지만 시키는 대로 하는 수밖에 없었다. 일면식도 없는 옷 담당자가 보자기에 싸인 옷을 건네주었다. 특별하게 지은 최고급 비단옷이라고 했다. 차릉파는 준비된 옷으로 갈아입고 기다렸다. 조자치가 그녀를 데리러 왔다.

그녀가 연회장에 발을 들여놓는 순간 떠내려갈 듯 박수가 일어났다. 당황하지 말라고 주의를 몇 번이나 받았기에 쿵쿵대는 가슴을 진정시키고 걸음마다 힘을 주어 안으로 걸어 들어갔다. 평양박물관 관장이 앞쪽에서 웃으며 그녀를 기다리고 있었다. 장내는 마치 그녀를 맞이하는 공식 행사장 같았다. 실내가 조용해지자 사회자가 연설하듯 말했다.

"매일 박물관에 와서 보고 갔다는 주인공이 이분이시오."

초대객들이 우레 같은 박수로 사회자의 말에 응대했기 때문에 그녀는 깜짝 놀라 걸음을 멈추었다. 박수갈채가 멈추자 사회자는 다시 말을 이었다.

"얼마나 아름다웠으면, 매일 와서 금관을 그렇게 오랜 시간 쳐다보고 갔겠습니까. 관장님께 처음 보고할 때는 머리가 이상한 여자거나 절도의 예행연습일 거라고 말할 정도였답니다. 알고 보니 차릉파라는 아름다운 기생이었지요. 그녀는 문화적인 취미가 굉장히 강하다고 합니다. 그래서 이렇게 그녀를 공개적으로 불렀고, 관장님이 그녀의 마음을 생각해서 더 가까이에서 감상할 기회를 주기로 하셨습니다."

"관장님! 관장님!"

사람들은 사회자의 말이 끝날 때마다 박수로 환호했다. 관장은 앞쪽에 흐뭇한 표정으로 앉아 있었다. 그의 곁 자주빛 비로드 방석 위에는 금관과 금목걸이 그리고 금귀고리가 박물관에 진열됐을 때의 위엄과는 전혀 다르게 막 끌려나온 듯 놓인 채였다. 관장이 그녀에게 가까이 다가오게 한 뒤 부드러운 목소리로 물었다.

"이것을 만져보고 싶으냐?"

차릉파는 그렇다고 고개를 끄덕였다. 사람들은 크게 웃으며 다시 환호성을 쳤다.

"실컷 만져보거라!"

꿈결같이 아득한 느낌이 차릉파를 감쌌다. 그녀는 가만히 손을 뻗었고, 사람들은 쥐 죽은 듯이 조용했다. 그녀는 금관에 손을 대며 중얼거렸다. 어머니! 순간 사람들의 환호성이 폭죽같이 일었다. 영문을 모르는 그녀에게, 관장은 다시 물었다.

"이것을 머리에 써보고 싶으냐?"

그녀는 마치 마법에 이끌리듯 금관을 바라보았다. 어머니다. 어머니다.

"네!"

사방에서 폭소가 터졌다. 다들 술잔을 높이 들고 환호하기 시작했다.

"네! 네! 네! 네!"

차릉파는 취한 듯 사방을 둘러보았다. 어렸을 적에, 일본인들은 아이들에게 주사위 놀이를 하게 했다. 종이 위에 조선을 그려놓고 주사위를 던져 조금씩 땅을 따먹는 놀이였다. 마당에 금을 그어 땅을 따먹는 놀이와 비슷했다. 하지만 땅의 이름이 '더러운 조선 사람의 땅'이었다. 더러운! 일본 소녀도 그녀만 보면 '더러운 아이'라고 말했다. 할머니에게 이유를 물어보았더니 나라를 빼앗겼기 때문이라고 했다. 나라를 빼앗기는 것이 무엇인지 물어보았다. 땅을 빼앗기는 것이라고 했다. 차릉파는 신식 건물의 2층에 서서 일본인들이 자신의 놀이터이자 어머니의 땅을 파헤치던 광경을 보았던 기억을 떠올렸다. 어린 시절의 주사위 놀이는 땅따먹기를 계속해서 '상(上)'에 주사위가 도달하면 이기는 게임이었다.

차릉파는 더럽다고 소리치던 일본인들이 그녀에게 손뼉 치고 환호하는 것이 뭔가 잘못된 것 같으면서도, 세상이 뒤집어져 제대로 잡힌 것 같기도 했다. 이 왕관은 그녀의 어머니 것이기 때문이었다.

"저 금관을 써보고 싶으냐?"

박물관장은 다시 물으며 잔잔히 웃었다. 대답할 사이도 없이, 누군가가 그것을 덜렁 들어 그녀의 머리에 씌웠다. 박수와 웃음소리가 뜨겁게 쏟아졌다. 긴 목걸이도 걸어주었다. 여태 해본 적이 없는 큰 귀고리도 귓불이 늘어지게 달아주었다. 사회자는 소리쳤다.

"신라의 여왕이 행차하셨습니다! 다들 고개를 숙이시오!"

사람들은 일제히 고개를 숙인 채 낄낄거렸다. 폭죽이 터졌고, 사방에서 '보이'들이 맑은 술을 배달했다. 조자치는 그녀에게 눈치를 주었다. 중앙 좌석에 앉아 있는 관장에게 다가가서 술을 따르라는 신호였다. 그녀는 갑자기 여왕의 자존심으로 그에게 술을 따를 수 없을 것 같은 심정이 생겼다. 그때 노기를 띤 음성이 그녀의 귀를 파고들었다.

"이 나라의 여왕은 일본인 누구에게나 술을 따를 수 있을 만큼 미천한 존재다. 술을 따르거라."

차릉파는 술을 따르지 않았다.

하필이면 여름 감기로 콧물과 고열에 시달렸더니 집중력이 썩 좋지 않다. 다행히 차릉파 이야기는 거의 막바지를 향해 가고 있다. 오한으로 이가 덜덜 갈리지만 마감을 미룰 수 없다. 오늘이 말 그대로 '데드' 라인이다. 수동 씨가 신작을 준비 중이라는 정보가 가끔 미늘처럼 걸렸다. 새로 생긴 드라마 2국장과 드라마 1국장 사이를 교묘히 오가며 작품을 준비하고 있는데, 두 국장 모두 그의 작품에 관심을 보인다는 것이다.

차릉파에게 금관을 씌우고 금제 장식을 걸치게 한 일제의 행위가 술자리에서 비롯된 단순한 일탈이었을까. 조선총독부에서 금관을 대여하여 평양으로 옮겨오는 동안 경계가 삼엄하기 이를 데 없었다. 그 모든 경계를 풀고 전시관의 유물을 기생의 머리에 씌우고 몸에 두른다는 것은 돌발적으로 일어날 수 없는 일이었다. 기생에게 금관을 씌워 술자리를 했다는 것은 우리의 역사와 선조를 무참히 희롱한 사건이었다. 게다가 차릉파의 모습을 사진으로 남겼으니 매우 의도적인 일이었다. 당시 신문으로 인해 사건이 세상에 알려진 것이 그나마 다행이었다. 차릉파의 사진만 후대에 남았다면, 차릉파는 우리나라 여왕으로 오인되었을지도 모른다.

우걸이 방문을 열고 들어와서 개다리소반을 내려놓는다. 흰죽과 간장 종지가 놓여 있다. 우걸의 삶은 어느 순간이나 이렇게 정갈한 모습으로 나타난다.

"감기약 먹기 전에 이것부터 좀 먹어!"

글이 거의 마무리되었기에, 나는 개다리소반 앞에 마지못한 척 가서 앉는다. 나는 숟가락을 들어 죽을 먹기 시작했다. 우걸은 아이처럼 지켜보고 있다.

"왜 할 말 있어? 내가 걱정되어서 지켜보고 있는 거냐?"

"할 말이 있어. 죽부터 먹어."

"그냥 이야기해. 죽 먹고 나면 원고 다시 보고 방송국으로 보내야 하니까."

"아냐. 마저 먹어."

우걸이 진지한 것이 왠지 기분이 싸하다. 경주에서 형을 만났느냐고 물어볼까봐 얼굴을 대할 때마다 주눅이 든다. 죽을 먹고 상을 물리자 우걸이 입을 연다.

"형이 왔었어."

"뭐라고?"

"만우 형이 경주에서 너를 보러 왔었다."

"언제?"

"네가 경주 갔다가 돌아오지 않은 날 밤에."

"형이 왜 나를 보러 여기까지 와?"

"그날 밤 너는 어디에 있었어?"

"내가 어디에 있었건 왜 간섭이야? 사생활까지 터치 받으려고 여기 온 것은 아냐."

"경주까지 가서 형에게 연락하지 않은 것까지는 그렇다 치고, 그날만은 돌아왔어야지. 그날 밤 어디 있었어? 마을 시장통에 있는 술집에 갔었어?"

"노!"

"그런데 왜 집에 돌아오지 않았어?"

"왜 이렇게 집요해? 형이 왔었다는 이야기가 뭐야?"

"형이 여기서 너를 기다렸어. 하룻밤을 여기서 보내고 가셨단 말이야."

"……형이 왔다고 나에게 왜 연락하지 않았어?"

"형이 왔다고 연락했다면 여기로 왔겠어?"

"아니, 더 멀리 달아났겠지. 우걸아! 소용없어. 내가 형을 만나봤자 무슨 소용이 있어?"

"형이 온 이유는 너에게 할 말이 있어서였어. 형은 네가 오해하고 있을까봐 걱정하시더라. 네가 집으로 돌아오던 날 밤, 형은 능 위에 있는 너를 보고 여러 번 불렀는데, 네가 대답하지 않아서 유령인 줄 알고 놀라서 도망간 것이래. 너를 보고도 모른 척한 것이 아니라고 하시더라. 형은 그 일로 네가 마음을 다쳤으리라 생각하고 걱정하셨어."

"그걸 안다고 달라질 것이 무엇이 있어."

"형은 네가 유산 때문에 일부러 아버지의 죽음을 늦게 알렸다고 생각하고 있는 것 같다고 걱정하시는 것 같아. 네가 오해하지 않도록 해주고 싶은 것 같아."

"오해하고 있지 않아. 내 몫은 이미 받았으니……."

"네가 경주로 돌아왔을 때도…… 무사히 돌아온 것에 먼저 기뻐해야 했는데, 꾸중하고 나무라는 것은 나중에 해도 되는 것이었는데…… 네가 다시 집을 나가 영영 돌아오지 못하게 한 점에 대해 두고두고 후회했다고 하셨어."

"……형이 나이가 들어가시나. 뭐 새삼스럽게 후회하고 말고가 어디 있어?"

"형도 나이가 들어가시는 것이 맞아. 그래서 더욱 아버지 마음을 이해하신 것이지. 네가 어떤 모습으로 돌아오건 아버지가 더없이 반긴 이유를 이해하신 거야. 아버지라면 아들이 돌아온 그 사실 하나만으로도 백 번이고 천 번이고 반기고 좋은 것으로 먹이고 입히고 싶었을 테니까. 아버지의 마음을 이해하지 못하고 화를 낸 것이 가장 후회가 된다고 하셨어. 아버지 모습을 떠올릴 때마다 가슴이 미어진다고 하셨어."

가슴이 울렁거리면서 먹은 죽이 올라오려 한다. 형의 대변인처럼 우걸이 고해성사하는 이유를 알 수가 없다. 나는 빨리 드라마 트리트먼트를 완성해서 방송국에 보내야만 한다. 상황이 매우 급박하다. 우걸은 포기할 생각이 없어 보인다. 이야기의 요점이 형의 고해성사인지 아니면……. 내가 경주까지 가서도 형을 보지 않고 돌아왔으니 더 이상 형 이야기는 그만하라고 말하려는 순간이었다.

"형은 마지막으로 너를 거짓말쟁이로 오해한 것에 대해 사과하셨어. 그때는 시를 이해하지 못해서 너를 이해하지 못했다고 하시더라."

"이제 형이 시를 이해해서 나를 이해라도 한다는 거야?"

"응. 형이 시를 이해하게 되신 것 같아."

"당장 그만두지 못해? 형이 어떻게 시를 이해해?"

"너만 시를 아니?"

"개가 시를 알아도, 형은 시를 이해하지 못해!"

"형에게 말버릇이 그게 뭐야?"

"네가 형처럼 말하는구나. 나도 아직 시가 무엇인지 모르는데, 어떻게 형이 시를 알겠어?"

"내가 보기에, 형님은 시가 무엇인지 아는 것 같아."

"미쳤구나."

우걸에게 내뱉어서는 안 될 단어였기에 입을 다물었다. 오늘따라 바쁜데 독감으로 열에 휩싸여 있는 친구 열을 더 올리려는 이유가 도대체 무엇인지 알 수 없다.

"그래서, 형이 온 궁극적인 목적이 뭐야?"

"아버지가 왜 청송까지 와서 고통사고를 당하셨는지 알고 싶어 하셨어."

"나도 그 점이 이해가 되지 않는 부분이기도 해. 물론 너를 보러 왔겠지만…… 그때 아버지가 내 소식을 물으러 왔다가 사고를 당했다고 했지. 다른 이유가 있었나?"

"응."

"뭐야? 형도 그것 때문에 왔지?"

"응, 아버지의 숨겨놓은 다른 재산이 있다."

한기 때문에 몸이 떨린다. 오늘따라 우걸은 드라마를 쓰듯 극적반전을 계속한다.

"아버지의 집과 고물상 외에 다른 재산이 있다는 거야? 아버지가 나 몰래 형에게 재산을 또 준 거야?"

우걸은 고개를 좌우로 젓는다. 아버지가 모은 돈이 상당히 되었을 것이라고 추측은 하고 있었다. 하지만 현실적으로 따로 숨겨놓았다고 여기지는 않았다. 비록 아버지가 돈을 많이 벌었었다 해도 나의 서울 유학 자금과 사고 뒤처리 등으로 수월찮게 썼기 때문이다.

"형도 모르는 사실이야. 내가 형을 이곳까지 오시게 한 것도 그 때문이었어. 두 사람에게 동시에 알게 하려고. 그런데 네가 사라져버려서 말할 기회를 놓쳤어."

"아버지의 숨겨진 재산을 왜 네가 알고 있어?"

"아버님이 나에게 말했으니까."

"너는 왜 우리에게 말하지 않았어?"

"아버지가 때가 되면 말하라고 나에게 유언하셨거든."

"그때가 왜 지금이야?"

"너에게만 따로 말할 수 없어. 형과 같이 있을 때만 말할 수 있어."

"형도 모르고 나도 모르는 재산을 왜 말하려고 해. 네가 다 가질 수도 있었을 텐데."

"나의 가장 소중한 것을 지키려면 너희 형제에게 그것을 돌려주어야 해."

우걸의 갑작스런 고백이 당혹스러웠지만, 기분 나쁜 소식은 아니다. 정말 숨겨진 아버지의 재산이 있다면, 우걸은 그걸 자기 것으로 할 인물은 못 된다.

"형이 그 냄새를 맡고 온 것이지?"

"형은 아직 숨겨진 재산에 대해 전혀 몰라. 형은 정말 너를 보러 왔고, 그동안 너에게 잘못한 것을 고백하고 화해하고 싶어서 온 것이 분명해."

"왜 갑자기?"

"형은 정말 너를 사랑하는 거야."

"사랑은 무슨……. 왜 갑자기 사랑하는데?"

"항상 사랑했지만 표현하는 방법을 잘 몰랐던 거지. 형이 너를 사랑한다는 것쯤은 알 텐데."

"나도 표현하는 방법을 몰라서 지금은 말하지 못하겠어. 시간이 없어. 저 원고를 마저 봐야 해."

"이번 기회가 마지막이야. 너도 형에게 네 속마음을 말해. 형에게 전할게."

"……음, 뭐 그렇게까지 할 것은 없고. ……일단 드라마 완성해서 보내놓고 다시 생각하자."

우걸은 떠나보내는 연인을 바라보듯 애틋하고 안타까운 눈빛으로 나를 바라본다. 우리 형제를 위해 이토록 치열하게 애쓰는 우걸이 도리어 안쓰럽다.

"그런 눈으로 보지 마. 네가 안쓰럽게 볼 만큼 가여운 놈 아냐."

이번 드라마가 잘 되면 아버지가 남긴 재산이 얼마나 되는지 몰라도 그보다 더 많은 돈을 단숨에 버는 작가가 될 것이다. 다행히 그렇게 되지 않는다면 나의 마지막 프로젝트는 그래서 더 의미가 있게 될 것이다. 아버지의 숨은 재산이 정말 있다면, 우걸이 우리에게 건네줄 테니 형과 다시 만날 날을 기다리면 되는 일이다. 나는 우걸이 일어서도록 개다리소반을 들고 바깥으로 나갔다. 우걸이 따라나오며 말했다.

"아직 시간 있어."

나는 웃으며 우걸에게 말했다.

"나는 지금 시간이 없다."

서둘러 그를 보내려고 집 밖까지 배웅했다. 우걸은 차를 향해 힘없이 걸어간다.

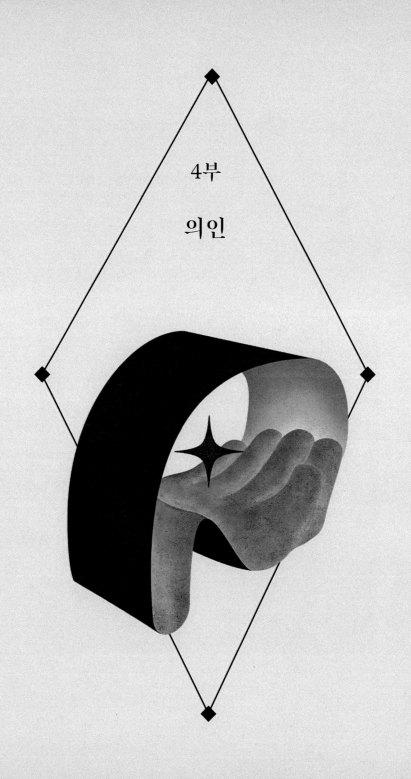

4부

의인

공개

"아빠, 모나미 볼펜의 모나미가 무슨 뜻인지 알아요?"

"모나미가 모나미지."

"아빠도 참! 모나미는 프랑스 말로 '내 친구'라는 뜻이에요."

정빈은 아버지와의 외출에 들떠서 말이 많아졌다. 걸음마를 시작한 이후에 고물상에 아들과 같이 간 기억이 별로 없었다.

"아빠! 모나미 볼펜에는 상표 옆에 153이라는 숫자가 있는데, 무슨 뜻인지 아세요?"

"그런 숫자가 있었나?"

"그럼요. 보여드려요?"

옆자리에 앉은 정빈이 가방을 뒤졌다. 만우의 어린 시절에는 고물상과 집이 분리되어 있지 않았다. 고물 더미 곁에서 먹고 놀아야 해서 고물상이라면 지긋지긋했다. 아들에게는 그런 상처를 주고 싶지 않았다.

정빈은 아버지의 일터를 마치 놀이터처럼 생각하며 와서 놀고 싶어 했지만, 만우는 아예 발길을 하지 못하게 했었다. 고물상 아들이라는 별명을 갖지 않도록 고물상 앞쪽에 번듯하게 철물점까지 차렸지만, 정빈에게 이 일을 물려줄 생각은 추호도 없었다.

"이거 봐요. 맞죠?"

"그 숫자가 무슨 뜻이야?"

"내가 아빠에게 물어보는 거잖아요. 아빠가 대답해보세요."

"내가 그것을 어떻게 알아?"

"그러니까 상상이 필요해요."

"상상?"

"네. 답을 모를 때는 상상을 해야 해요. 어떻게 상상하는지 가르쳐드려요?"

"해 봐."

"학교에서 기영이가 이 숫자의 의미를 묻자, 다들 상상해서 말했어요. 한 친구는 '내 친구가 153명'이라고 자랑하는 것이라 했지만, 친구는 더 많아질 수도 있고 적어질 수도 있으니 아닐 거라고 다들 반박했어요. 딴 애는 모나미 회사로 가는 버스 번호가 153이라고도 했고, 회사 사장의 키가 153센티미터일 거라고 농담한 친구도 있었어요."

"너는 뭐라고 했니?"

"저는 대답하지 못했어요. 상상이 필요했거든요."

"대답을 찾았니?"

"아이들이 인터넷으로 알아냈지만 진짜 정답인지는 몰라요. 그래서 나는 계속 상상해요. 상상하면 보이지 않는 것들이 보일 때가 있어요.

아빠, 왜 갑자기 고물상에 가시는 거예요?"

"네가 항상 같이 가고 싶다고 했잖아."

"아빠가 원하지 않으시니 가지 않기로 했잖아요. 고물상을 그만두려고 마지막으로 보여주시는 거죠?"

"누가 그런 소리를 해? 새로 깨끗하게 수리해서 진짜 본격적으로 사업할 거야. 고물상 간판 이름도 새로 바꿔 달려고 해. 근사한 이름이 생각나면 말해봐."

"야호! 아빠가 다리를 다쳐서 철문점만 남기고 고물상은 없애버리기로 했다고 들었거든요. 저는 속상했어요. 없애지 않으시는 거죠?"

"고물상이 좋아?"

"고물상에 쌓여있는 물건들은 좋은 일을 하려고 기다리는 모습이에요. 사람들이 뭔가 필요해서 오면 아빠가 그것을 채워주니 얼마나 좋아요. 새것처럼 수리도 하시니, 아빠는 맥가이버예요."

천우가 중학생일 때에 녹슨 커다란 닻이 짐승처럼 포박되어 고물상으로 끌려 들어온 적이 있었다. 동해의 작은 섬에 다리가 놓이면서 운행되던 배들이 멈추었고, 급기야 바닷속 깊이 있던 닻들이 육지로 끌어 올려져 고물로 팔려온 것이었다. 천우가 자신의 키보다 큰 닻을 고개를 빼고 보고 앉아 있기에 무엇 하느냐고 물었더니, 사라져가는 배의 모습을 보는 중이라고 했었다.

"너에게 삼촌이 한 분 있는 것 알고 있지?"

"네. 방송국에 있는 분요."

"삼촌이 청송에 와 있다는구나."

"만났어요?"

"만나러 갔지만 만날 수가 없었어."

"삼촌이 아빠 만나기가 싫대요?"

"아니. 내가 약속을 하지 않고 가서……. 삼촌은 다른 일을 보러 가신 모양이더라고."

"그럼 다음에는 연락하고 가세요."

"……옛날에 내가 삼촌에게 모질게 한 적이 있어서 삼촌이 상처를 입고 집을 나갔거든."

"엄마에게 들은 적이 있어요."

"엄마가 그런 이야기를 했어?"

"네. 엄마가 다 이야기해주셨어요. 삼촌이 할아버지가 번 돈을 많이 가져다가 쓰고 또 가져다 쓰고 그래서 아예 유산도 받지 못했다고요. 아빠와 삼촌이 서로 만나지도 않는다고. 삼촌이 아빠를 버렸어요?"

"그렇게 생각했는데, 지금은 내가 삼촌을 버렸다는 생각이 드는구나."

"왜요?"

"삼촌이 집을 나가도록 내가 그리 만들었으니까."

만우는 더 할 말이 없어져 슬쩍 쳐다보니 아들의 눈가에 눈물이 고여 있다. 삼촌 이야기에 상처를 받았나 싶어 안절부절못하는데, 정빈이 갑자기 울음을 터뜨렸다. 어린것이 말뜻이나 알아듣고 저렇게 슬퍼하는 건지……. 울음이 멈추기를 기다리며 운전을 계속하자니, 가슴이 자꾸 울렁거렸다. 한참이나 울고 나서 정빈은 입을 열었다.

"……재경이가 나를 버렸다고 생각했는데, 아빠 말을 들으니 재경이가 나를 버리도록 내가 만들었어요. 먼저 사과해야겠어요."

어룽진 아들의 눈을 보며 그도 같은 생각을 했다. 나도 내가 먼저 다가가야겠구나. 내가 먼저 천우에게 다가가야겠구나…….

"그래서 내가 먼저 다가가려고 너에게 이렇게 왔다."

만우는 천우의 눈을 처음으로 제대로 바라보며 찾아온 이유를 마무리했다. 만나면 무슨 이야기부터 할까 고심하고 또 고심했었다. 조카 이야기부터 시작하면 그나마 분위기가 괜찮을 것 같아서, 아들이 쓴 고양이에 관한 시와 공룡 이야기, 그리고 고물상으로 가면서 아들과 나눈 이야기를 마치 옛날이야기처럼 쭉 했다. 천우는 그의 말을 가만히 듣고, 가만히 듣고, 가만히 듣고만 있었다. 조카의 시 이야기를 들을 때는 천우의 눈이 한순간 커졌다가 가라앉았다. 앞서 만우는 천우에게 하고 싶은 말들을 우걸을 통해 전달했다. 이제 전할 것은 오직 그의 마음뿐이었다. 만우는 아들의 시를 통해 동생의 시를 이해할 수 있게 되었다고 알려주고 싶었다.

"요즘 저는 드라마 쓰는데요."

묵묵부답 듣기만 하던 천우의 첫마디가 냉소적이었다. 우걸의 얼굴이 약간 찡그려지는 것이 보였다. 동생이 입을 연 것만으로도 만우는 안도감을 느꼈고 기뻤다. 천우는 어떤 경우에도 시를 포기할 녀석은 아니었다. 이런 반응은 형에 대한 반발심 때문이지 진심은 아닐 것이다.

"드라마나 시나, 글을 쓰는 것은 마찬가지지."

만우는 지난번 청송에 왔다 가면서 동생을 만나지 못한 것이 못내 아쉬웠다. 처음에는 헛걸음했다고 여겼지만, 우걸은 토마토와 비슷한 이름을 가진 자가 성경책을 주기 위해 큰 무역선을 타고 우리나라에 왔던 이야기를 밤새 해주었다. 대동강까지 와서 배에서 내리자마자 죽임을 당했다고 했다. 제대로 조선 땅을 밟아보지도 못하고 목이 잘렸다. 가지고 온 성경을 겨우 던지고 죽은 것이 전부였다. 뭐 그런 일이 있나 싶었는데, 그가 가져온 성경 덕분에 한국에 널다리골이라는 초기 교회가 생길 수 있었다고 했다. 겉으로 보면 허망한 죽음이었다. 하지만 그 덕분에 이렇게 우걸에게도 그에게도 말씀이 전해진 것이라 했다. 비도 헛되이 돌아가지 않고 사람도 헛되이 되돌아가지 않는다 했다. 그래서 오늘의 발걸음에도 힘이 났다.

"섭섭한 것이 있으면 풀어라. 아들놈이 어려도 꼬였던 마음을 풀고 화해하러 가는 것을 보고 내가 왔다. 어떻게 화해해야 하는지 모르지만 화해하고 싶구나. 그동안 네가 어떻게 지냈는지도 듣고 싶고……."

"갑자기 화해는 무슨 화햅니까?"

"나이가 들어가니 아들 보기도 부끄럽고……. 지난번에 이곳에 왔을 때 드는 생각이 있었다. 우걸이가 저 벽에 있는 시들을 이야기해주더라. 그 시를 읽어보니, 마음이 따뜻해지면서 기쁘더구나."

"저건 시가 아니라 성경이에요."

천우가 우걸을 매섭게 노려본다.

"형님은 시보다 너를 이해하고 싶으신 거야. 내가 시편의 두 구절을 알려드렸거든."

우걸은 지난번과 달리 벽을 보지 않고도 성경 구절을 읊었다.

"하나님이여 사슴이 시냇물을 찾기에 갈급함같이 내 영혼이 주를 찾기에 갈급하니이다. 내 영혼이 하나님 곧 살아 계시는 하나님을 갈망

하나니 내가 어느 때에 나아가서 하나님의 얼굴을 뵈올까. 시편 42장 1~2절."

시를 외워서 다른 이에게 들려주는 우걸의 모습을 보니, 만우도 그렇게 해보고 싶었다. 이 벽에 적힌 시를 모두 읽어보고 싶었다. 황당해하는 천우에게 우걸은 그간 있었던 일을 차분하게 설명한다. 만우는 동생이 화해의 손을 잡아주기를 간절히 바라며 기다린다. 우걸이 천우에게 물었다.

"이 방에 있으면서 혹시 가슴에 와 닿았던 구절이 있었어?"

만우는 동생이 좋아하는 시의 구절을 알기 위해 귀를 기울인다. 천우도 시 이야기를 해서 그런지 약간 표정이 풀어졌다.

"공교롭게도 나는 벌레라는 구절이었다."

천우는 그 구절을 읽으니 하나님이 자신을 벌레로 보는 것 같아 신경질이 났단다. 그리고 벽에 손가락이 나타나는 부분을 읽어보았다고 했다. 옛날 같으면 천우를 거짓말쟁이라고 몰아붙였겠지만, 이제는 벽에서 손가락이 아니라 사람이 통째로 나왔다고 해도 동생 말을 믿을 수 있다. 반면에 고물 더미 속에서 나타났던 할머니와 아이 이야기를 하니, 예전에 그가 천우에게 말했듯 아내는 그가 헛것을 본 것이라고 했었다.

술집에서 했던 내기 이야기 때문에 엉겁결에 성경으로 도배해달라는 농담을 하게 되었을 뿐 성경에 아무런 관심이 없다고 천우는 단호하게 말했다. 만우는 술집의 내기에 천우가 아니라 자신이 가담한 것처럼 느껴져 묘한 기분이 든다. 단 하룻밤을 성경방에서 보내면서 자신의 영혼이 하나님을 만나기를 원했다는 것이 신기할 뿐이었다. 두 달째 성경방에 머물면서도 동생에게 아무런 변화가 없다는 사실이 이상할 정도였다. 천우는 처음에는 사방에 성경이 보여 질렸으나 최근에는 방에 성경이 있는지 없는지 감이 없다고 단언한다. 만우는 어떻게든 천우의 마음에 닿아보고 싶어 과거를 떠올렸다.

"네가 좋아하던 시가…… 우리 어릴 때 방 벽에 붙어 있었지."

"예이츠의 〈하늘의 천〉요!"

"맞아! 네가 여기 좀 보라고, 햇살이 벽을 타고 다닌다고…… 나에게 감탄하며 소리를 치곤했지."

"저도 여기 와서 그 시가 생각나더라고요!"

양쪽을 번갈아 바라보는 우걸의 눈이 빛난다.

"그때는 형과 좋았던 때지요."

"맞아. 우리는 그때 서로 많이 좋아했지."

"형이 나를 잘 지켜주었지요. 생쥐나 뱀이 무서워서 질겁하면, 형이 단숨에 작대기로 찍어 보란 듯이 던져버리기도 했지요."

"그랬나? 나도 요즘에는 그런 것이 무서운데…… 하하하."

우걸이 두 사람 사이에 끼어들었다.

"형님은 겁이 나도 우리를 위해서 그렇게 하신거지요."

"그렇지. 너희를 위해서라면 못할 것이 없지. 겁이 나도 힘을 내서 해야지."

만우는 고개를 끄덕인다. 천우는 고개를 숙인다. 천우가 마음을 열기만 하면 그간의 나쁜 일들을 쉽게 지울 수 있을 것 같았다. 만우는 마지막이라 여기고 용기를 내었다.

"네가 좋아한 시를 내가 좋아했더라면 너를 놓치지 않았을 텐데……."

그때 천우가 천천히 고개를 들더니, 만우를 뚫어지게 쳐다본다.

"형이 여기 온 진짜 목적이 뭐야?"

"진짜 목적이라니?"

"여기 온 것은 딴 목적이 있어서잖아요. 우걸에게 들었어!"

만우는 영문을 몰라 우걸을 바라본다.

"형님은 아직 모르시는 일이야."

"아버지의 숨겨놓은 재산 때문에 여기 온 것이잖아요."

만우는 숨이 턱 막혔다. 자신의 의도가 결국 이런 식으로밖에 전달되지 않은 것이 안타까웠다. 눈을 감고 숨을 크게 내쉰다.

"거듭 말하지만, 나는 여태 아버님의 재산에 대해 형님에게 이야기한 바가 없어. 이제 두 분이 만나셨으니까 두 분에게 전할 이야기가 있습니다."

"도대체 무슨?"

"형님, 한 가지만 여쭙겠습니다. 예수님을 만난 것이 믿어지세요?"

"살아오면서 내가 죄를 많이 지었더라고. 갈증 때문에 죄를 짓고 죄 때문에 다시 목이 마르고. 사슴이 물을 찾는 구절을 읽을 때마다 눈물이 걷잡을 수 없게 터져나온다네. 예수님이 내 마음에 없으면 이렇게 눈물이 날 것 같지도 않고…… 이 눈물이 내 안에 생긴 샘에서 나오는 것 같기도 하고, 그래서 예수님을 믿네."

"아! ……아, 형님!"

우걸은 얼굴이 환해지면서 감탄사를 거듭 발한다.

"천우! 너는 이 방에서 있으면서 예수님을 느꼈던 적이 있었어?"

"할 말이라는 것이 또……. 가만 전화가 왔네."

천우는 얼굴에 화색을 띠며 전화를 받았다. 우걸은 가방에서 큰 봉투 하나를 꺼내 놓고 천우의 전화가 끝나기를 기다린다.

"느긋하게 놀다가 마지막에 몰아붙이는 스타일이라서요. 며칠 걸렸죠. 읽어보시면 아실 거예요."

여태 싸움닭같이 말꼬리를 잡고 쪼아대던 천우와는 전혀 다른 모습이다. 목소리 톤이 올라간 것이 기분이 좋은 모양이다.

"사진이라도 찍어서 보여드려요? 지금 동영상으로 보여드릴게요."

천우는 영상통화를 하면서 방을 휴대폰으로 훑었다.

"그럴 리가요! ……그렇군요. 축하해야 하는 것이지요? 국장님은 가장 소중한 것을 지키셨네요!"

우걸도 천우가 흥분하여 말하는 것을 듣고만 있다.

"저는요! 이곳에서 두 달을 보냈지만, 단언컨대 5번, 아무 변화도 없습니다. 저도 가장 중요한 것은 지킨 셈이에요. ……읽어보시고 좋은 결과 주세요."

천우는 혼란스런 표정으로 혼자 중얼거리듯 말한다.

"……내가 원고 보낸 것을 모르고 있네. 심사 중이니 아직 국장까지 원고가 안 간 것이겠지. 참 그건 그렇고…… 국장이 술집 내기에서 자기가 이겼다고 난리네. 방송국 직원들이 다들 내기에 대해 궁금해 하니까 국장이 믿으면 되지 뭐, 하고 매일 운전하면서 조금씩 성경을 들었대. 아무 뜻도 모르면서……. 그런데 며칠 전에 성경을 듣다가 갑자기 눈물이 쏟아져서 대성통곡을 했다네."

우걸이 놀라서 천우에게 소리치듯 말했다.

"그 술집에서의 내기가 예사로운 것이 아니었어."

"예사롭지 않기는. 쇼를 한 것이지. 쇼!"

만우는 순간 우걸의 눈이 노기를 띠는 것을 보았다.

"자네는 삶이 쇼로 보이나? 자네는 쇼로라도 하나님 믿는다고 말할 수 있겠나?"

"내가 왜 쇼를 하면서까지 그렇게 말해야 해?"

"그럼 국장이신 그분이 하나님을 믿는 것을 왜 쇼라고 생각해?"

"너, 뜸 그만 들이고 말해. 아버지의 숨겨진 재산이 어쩌고 하면서 전도하지 말고!"

우걸은 깊게 한숨을 쉬면서 가방에서 꺼낸 휴대용 녹음기의 단추를 눌렀다. 약간의 잡음이 나는가 하더니, 어느 순간 익숙한 목소리가 튀어나왔다.

내 사랑하는 만우야 천우야

나는 2015년 8월 18일에 청송에 사는 조우걸을 증인으로 삼아 새로운 유언을 남긴다.

만우의 눈과 천우의 눈이 마주쳤다. 갈라진 쇳소리! 아버지의 목소리가 계속 이어졌다.

외롭고 막막한 날들이었다. 너희 둘을 보면서 견뎌냈다.

평생 너희 형제의 양손만을 단단히 잡고 걸어왔다.

이 애비가 살날이 얼마 남지 않았는지 몸이 몹시 아프다.

수년 전에 한 제조공장이 폐쇄되면서 철물과 고물을 우리 가게에서 인수하여 수거했다.

화학물질들인가 독한 것이 많이 들었다고 뒤에야 들었다.

매일 누군가가 내 몸속에 드릴을 집어넣고 돌리는 것처럼 소리가 나고 고통스럽다.

병원에서는 특별한 치료법이 없다고 한다.

너희 둘이 다정하게 서로 돕는 모습을 보고 떠나면, 떠나는 발걸음이 조금 가벼우련만,

그렇지 못하니 애통하다.

언젠가, 음 에취, 물을 좀 주게.

이 말을 남기는 이유는 너희들이 다시 만나게 될 때를 위해서다.

내가 떠나면 너희들이 어떻게 될지 항상 고심했었다.

하나님을 믿으면 내 자손들이 복을 받는다고 우걸이 알려주었다.

나는 무조건 그 길을 택하기로 했다.

내가 어찌 그 길을 택하지 않겠느냐.

빈손으로 시작해서 쓰레기나 고철을 모으면서 억척같이 살아왔다.

하지만 되돌아보니 그 모든 것이 허사구나.

세상에는 내가 챙겨갈 것이 아무것도 없다.

하나님을 믿는 순간부터 나는 다른 삶을 살게 되었다.

믿는 그 순간부터 꿈을 꾸는 것 같다.

하나님 나라에 가면 지상에서 겪는 이런 고통도 없애주실 것이다.

실제로 지금은 감사만 있을 뿐 그런 고통조차 느껴지지 않는다.

청송에 있는 땅과 집을 주님의 뜻에 맡기고자 한다.

예수님을 먼저 만나는 아들에게 이것들을 주겠다.

너희 둘 중에 예수님을 먼저 만나는 아들에게 이것을 주어

받지 못한 형제에게 나누어주든지 그렇지 않든지 그에게 맡기도록

하겠다.

사랑의 마음으로 방법을 찾거라.

만약에 형인 만우가 이 유산을 받게 되고, 어느 날 천우가 음음…….

천우가 돌아오거든 청송의 집에 그가 머물 수 있는 만큼은 머물게

해주어라.

이 집의 지붕이 있는 한 천우가 원하면 이 집에 머물게 해주거라.

그러나 만우 네 것이다.

만약에 천우가 먼저 예수님을 만나면 집과 땅을 모두 천우에게 주

겠다.

그가 형에게 나누어주거나 그렇지 않거나를 결정하게 될 것이다.

만약에 두 사람이 같은 날 같은 시간에 예수님을 만나면 반반으로

나누어라.

내가 너희에게 진정으로 남겨주고 싶은 것은 이 땅과 집이 아니라 하나님을 믿는 믿음이다.

하나님을 먼저 믿게 된 아들이 아버지의 유산이라고 믿고 그 믿음을 다른 형제에게 나누어주거라.

너희들이 이 유산을 받는 순간까지는 이 땅과 이 집에서 나는 모든 결실은 우걸이 가지도록 한다.

만에 하나, 흠흠흠…….

이 유언으로 인하여 너희 간에 분쟁이 생기면 이 모든 것은 우걸의 소유가 되도록 변호사에게 공증을 받아두었다.

서로 사랑하며 살거라. 사랑한다. 만우야, 천우야!

만우는 꼼짝하지 못하고 앉아 있었다. 천우도 마찬가지였다. 우걸은 다시 녹음을 재생시켰다. 아버지의 목소리가 다시 흘러나왔다.

사랑하는 만우야 천우야!

우걸은 녹음을 세 번 반복해서 들려주었다. 팽팽한 침묵 가운데 우걸이 입을 열었다.

"이 순간부터 이 집과 십만 평의 땅은 만우 형님의 것입니다. 앞으로 천우에게 재산을 나누어주시거나 그렇지 않거나 모두 형님에게 달렸습니다. 이 집은 천우가 쓰고 싶어 할 때는 언제나 쓸 수 있게 해주십시오. 지금처럼 글을 쓰기 위해서 오거나…… 또 언젠가 다시 올 때…… 아버님 유언대로 이 집의 지붕이 있는 한 천우가 원하면 머물 수 있게 해주십시오."

순간 만우는 온몸의 힘이 빠졌다. 마치 곁에 앉은 아버지의 목소리를 들은 듯 눈물이 걷잡을 수 없이 흘러나온다. 아버지는 유언이라고 할 만한 말씀 없이 갑자기 떠나셨다. 재산이 이미 정리되었으니 그러려니 했다. 그런데 이렇게 진짜 유언을 남겨두셨다. 가슴이 찢어지듯 아팠지만 천우가 곁에 있으니 정신을 차려야만 했다. 고개를 드니 녹음기를 응시하고 있는 천우가 눈에 들어온다. 천우의 어깨가 오르락내리락 반복하고 있다. 만우가 진정된 것을 보더니 우걸이 조용히 덧붙인다.

"다른 곳에 비해 지나치게 싼 땅이었습니다. 교도소가 가까운 위치다 보니 사려는 사람들이 적을 수밖에 없었지요. 최근 개발붐을 타고 사람들이 몰려들고 있습니다. 값이 수십 배는 뛰었습니다. 아마 형님이 평생 쓰셔도 못 쓸 만큼의 재산이 될 것입니다."

만우는 믿기지 않는 눈으로 우걸을 멀겋게 쳐다보았다.

"형님 앞으로 등기해 드리겠습니다. 지금까지 이 땅에서 나는 수확은 저의 것이었습니다. 오늘부터는 들판에서 나는 모든 수확은 형님의 것입니다."

어둠의 독방

차도까지 걸어나왔건만 택시는커녕 경운기 한 대도 보이지 않는다.
서울과 달리 택시가 손님을 찾으러 돌아다니지 않음을 깨닫고 급하게
집으로 돌아가서 택시 기사의 명함을 찾아 나왔다. 전화하려고 보니 휴
대전화를 두고 나왔다. 집으로 돌아가서 휴대전화를 가지고 나오면서
택시 기사에게 전화를 했다. 나의 가쁜 숨소리를 들었는지, 기사는 20분
후에 도착할 테니 천천히 나오라고 말했다. 그로부터 30분도 더 기다렸
을 것이다.

"저기 저곳으로 가주세요. 저곳이 무엇인지는 말하지 마시고요. 직
접 내 눈으로 보고 확인하고 싶어서⋯⋯요."

택시 기사는 대꾸 없이 백미러로 힐끗 쳐다본다. 폐차 직전의 택시
는 갸르릉 소리를 지르며 외길을 달린다. 방송국에서 득달같이 반응이
올 줄 알았는데, 삼 주가 지나도 아무런 낌새가 없다. 심사 기간이 있다

해도 이런 무반응은 불길하다. 내 작품의 향방을 물어볼 사람이 한 사람도 없다는 것도 외롭고 당황스럽다. 마을을 막 벗어난 택시는 경사진 비탈을 기어 올라가기 시작한다. 뒤로 밀리지 않으려고 안간힘을 쓰며 마찰음을 계속 토한다. 고물상으로 가기 직전의 택시가 뱉어내는 마지막 호흡이라 생각하니 참을 만해지더니 도리어 경건해진다. 낡은 택시는 뒤로 밀리지 않고 용케 비탈길을 올라갔다. 포켓에 든 휴대폰이 진동했다. 어, 방송국에서 먼저 전화가 온 것은 희소식일 수밖에 없다.

"여보세요!"

전혀 가늠되지 않는 여자 목소리다.

"네. 말씀하세요."

"강천우 씨죠? 이수동 작가님의 보조 작가인데요. 혹시 이수동 작가님께서 같이 작업해보고 싶은지 물어보시는데요."

"무슨 말씀이신지?"

"아! 저는 이기숙이라고 하는데요. 새로 시작하는 작품에 같이 일하실 생각이 있으신지 물어봐달라고 하셔서요."

"저는 작품의 결과를 기다리는 중이라서요."

"차기작 결과가 나왔습니다."

"결정이 났어요?"

"아직 연락 못 받으셨구나. 이수동 작가님 작품이 선정되었어요."

이쪽의 반응에 약간 당황한 듯 상대방이 어조를 낮춘다.

"모르고 계셨군요. 이수동 작가님은 강천우 씨가 상심하고 계실 것 같다고, 같이 작업해도 좋은지 타진하라고 하셨어요. 이번 작품이 강 작가님과 같이 갔던 술집에서 아이디어를 얻은 것이라고 하시면서요."

"술집요?"

"아직 제가 작품을 다 읽어보지 못해서 정확한 내용은 모르는데요. 하여튼 술집 벽에 성경을 발라서 내기하는 이야기라고……."

이쪽에서 아무런 반응이 없자 여자는 숨겨둔 카드인 양 덧붙인다.

"국장님도 강 작가님이 합류하시면 하는 눈치세요."

"국장님이 뭐라고 하셨어요?"

"국장님은 이수동 작가님이 쓴 토마스 선교사 이야기를 아주 좋아하셨어요. 국장님도 강천우 씨와 같이 있을 때 낸 아이디어니까 같이 작업해보는 것도 좋겠다고 하셨어요."

나는 그럴 수 없을 것 같다고 대답했다. 여자는 다시 매달렸다.

"강 작가님께 이렇게 전화하는 것이 제가 맡은 첫 임무예요. 제발 와주시면 안 되나요?"

수동 씨의 새 보조 작가는 자신의 첫 임무를 포기할 생각이 없다. 나는 그녀의 자분자분한 목소리를 아득하게 듣고 있다. 드라마는 내년 봄에 방영될 예정이에요. 신앙이 없는 작가가 기독교 드라마를 맡는 것에 대해 내부적으로 논의가 있었는데, 종교적으로 조예가 있고 신앙심이 깊은 보조 작가를 붙여주는 것으로 해결이 났어요. 그래서 제가 그의 보조 작가가 되었죠. 최근에 하나님을 영접한 정 국장님은 뜻밖에도 새 국장님과 더없이 사이가 좋아져서, 두 국장님은 마치 공동작이라도 만들 듯 우리를 도와주고 계세요. 강 작가님도 오셔서 우리를 도와……. 나는 폴더를 접으며 멍하니 창밖을 내다본다.

"다 왔는데요. 다 왔다고요!"

택시 기사가 고개를 뒤로 돌리고 고함을 지르는 통에 나는 정신이 돌아왔다.

"여기가 어딥니까?"

"청송 교도소예요. 이곳에 가자고 하셨는데요."

"청송 교도소? 그럴 리가요! ……내가 가려던 곳은 밤에 왕관처럼 찬란한 빛이!"

초소 쪽에서 사람이 나와서 신분증을 요구한다. 초소 경비병은 교도소에 면회를 온 것이냐고 묻는다. 우걸과 함께 온 적이 있어서인지 매우 친절하다. 나는 강하게 고개를 저었다. 경비원이 돌아섰다. 택시 기사는 어떻게 해야 할지 몰라 룸미러 속의 나를 쳐다본다.

"다시 마을로 돌아가주세요!"

택시 기사는 솜씨 좋게 방향을 틀더니 왔던 길을 내려가기 시작한다. 내 상태가 수상하다 여겼는지 최대한 목소리를 깔고 조용히 말을 걸었다.

"교도소에 면회 오신 것은 아닌듯한데…… 제가 잘못 온 것이 아니지요? 교도소는 밤에 환하게 불을 밝힙니다. 아마도 탈옥을 방지할 목적이겠지요. 밤에 보면 저것이 하늘의 꽃인가 싶기도 하고……."

목적지를 말하지 않았는데도, 택시 기사는 내가 머무는 집 쪽으로 방향을 잡았다. 갈 데가 없는 것을 아는 것이다. 나를 향한 세상 전체의 의심스러운 시선이 룸미러 속 기사의 눈에 응집되어 보인다.

택시에서 내려서 걸으니 다리가 자꾸 접질린다. 내 드라마가 선정되지 않아서 비통한 것이 아니다. 내가 봐온 세상의 빛나는 것들이 진짜가 아니었던 것이다. 여태 나의 눈과 귀는 세상을 오역했을까. 사람들이 시를 이해하지 못해서 나를 이해하지 못한다고 여겼다. 세상은 나를 알아볼 눈이 없고 내 시를 들을 귀가 없다고 여겼다. 그런데 도리어 본질을 보지 못한 쪽은 나였다. 내 착각과 오만이 본질을 보길 거부했던 모양이다. 나는 여태 어둠이 실체를 숨긴다는 사실을 알지 못했다. 나는 밤의 왕관처럼 위장의 빛에만 매혹되어 실체를 확인하지 않고 여태 미적거렸다. '형의 집'으로 걸어 들어가는 내 모습이 더없이 수치스럽다.

휴대전화 진동이 지속적으로 울린다. 우걸의 이름을 보니 울컥한다. 내 친구……는 태풍이 오고 있다고 날씨 인사로 말문을 연다. 그의 목소리를 들으니 질식해가던 몸의 세포들이 그나마 산소를 공급받는 기분이다. 서로 피하기라도 한 듯 최근 우걸의 얼굴을 보지 못했다. 태풍이 올 것 같은데 오늘 비상근무라 밖으로 나가기가 어려울 것 같다며 비닐하우스 상태를 한번 둘러봐달라고 했다.

"내가 뭘 할 수 있겠어? 작물이 피해 입어도…… 난 몰라."

"그냥 한번 둘러봐. 그들은 뿌리가 있어서 생각보다 강하니까 괜찮을거야."

통화를 끊고 나니 벌써 폭풍의 전조가 느껴진다. 폭염에 지친 공기를 상쾌하게 회복시킬 바람이 저쪽 들판에서부터 불어온다. 고요한 흐름은 일렁임으로 바뀌었다. 집으로 돌아오니 마당의 양철 대야가 소리를 내며 날아다닌다. 가벼운 것들이 태풍에 먼저 반응하는 것이 흥미롭다. 옥상에서도 소리가 들려온다. 성경방 미닫이문의 틈에서도 문풍지 우는 소리가 난다.

먼저 마루 옆에 놓인 죽어가는 아보카도 화분을 부엌 안으로 옮긴다. 우걸이 포기하지 않는 것이니 피신시켜야 한다. 한 번 날았던 대야를 잡아오고, 비누와 바가지, 기둥에 걸린 밀짚모자와 빨랫줄에 걸린 타월 등 마루와 마당에 널린 것들을 모두 걷어서 부엌 안에 넣어주었다. 집 안의 물건들은 그리하면 되겠지만 저 들판의 생명들은 어떻게 할 것인가. 바람이 점점 거세지니 사방에서 신음이 들린다. 바람은 약한 것에서부터 점점 강한 것들로 순서대로 흔들고 있다. 대나무들이 수런대며 떨고 있다. 하늘에서 부딪는 소리가 전해져오지만, 천둥이라 말하기엔 너무 멀어서 아직 정확하지 않다.

조금 전 통화할 때의 우걸의 음성이, 지나치게 차분한 그의 음색이 마음에 걸린다. 내가 여기까지 내려온 것은 작업실이 필요해서만은 아니었다. 우걸을 되찾고 싶은 마음이 더 강했다. 우걸은 나에게 정성을 다했고 나도 모처럼 평안하고 즐거운 시간을 보냈다. 그런데 무언가를 잃어버린 느낌이 자꾸 든다. 사라져버린 서봉총처럼 사라져버린 우걸을 보는 느낌이다. 식어가는 영혼에 열기를 지펴주고 세상 어디에선가 손 놓아버린 소중한 것들을 곧잘 찾아와 내 시상을 견고히 만들어주던 우걸이 느껴지지 않는다. 매우 견고했던 관계의 실체가 저 들판처럼 내 주변에서 흔들리고 있다.

우걸이 준비해둔 국방색 우의를 걸치고 등산용 랜턴을 챙겨 들었다. 들판에 바람의 밀도가 점점 높아지고 있었다. 농사를 지어보지 않아서 잘 모르긴 하지만 들판의 채소들과 과일들이 긴장하고 있는 것이 느껴진다. 길을 나서니 어둠이 더 빨리 앞서 내린다. 도시에서는 불야성 때문에 온전한 어둠을 보기가 쉽지 않다. 이곳의 어둠은 존재들을 차례로 점령한다. 낮의 빛에 태어난 것들은 점점 침몰하고 있다. 새들이 둥지를 튼 수령이 오래된 거대한 느티나무도, 줄지어 선 옥수숫대도, 올망졸망 열매를 단 감나무도, 텃밭의 여린 상추도 어둠의 장막 속으로 천천히 사라지고 있다. 세상의 형태와 존재를 완전하게 지우는 어둠이다. 사물뿐만 아니라 나도 지운다. 그러니 이런 어둠 속에서 불쑥 다른 인간을 맞딱뜨리면 무서울 것이다. 풀벌레의 울음소리가 존재를 알리고 있다. 바람이 점점 거세진다. 갑자기 우두둑 소리가 났다. 주변에서 매우 강한 뭔가가 부서져버렸다.

랜턴을 높이 들고 들판 가운데 난 길을 따라간다. 가까이 갈수록 눈앞의 상황이 잘 이해되지 않는다. 팽팽하게 긴장하던 비닐하우스의 긴 비닐이 눈앞에서 순식간에 찢어지더니 만장처럼 펄럭댄다. 하우스 입구에 걸어둔 수건이 죽은 영혼처럼 하얗게 날아간다. 찢어진 하우스 안쪽을 들여다보니 다행히 수확물이 거둬진 곳이다. 나머지 하우스들은 아직 건재하다. 성한 하우스들의 문이 제대로 닫혔는지 확인한다. 비닐하우스가 10동이나 된다는 것을 그제야 깨달았다. 이 많은 농사를 누가 다 짓느냐고 우걸에게 물었을 때, 요즘은 기계로 짓기 때문에 할 만하다고 했다. 심지어 가뭄에는 급수차가 오기 때문에 혹독한 가뭄에도 시간을 벌 수 있다고 했다. 주변의 도움의 손길들도 많다 했다. 단지 홍수나 바람이 많이 부는 날이 속수무책이라고 했다.

우우, 몰려오는 소리가 예사롭지 않다. 무엇이든지 밟고 넘어가려고 떼로 몰려오는 적들의 진군 나팔소리처럼 불길하다. 들판의 모든 것이 위협받고 있다. 크건 작건 간에 치명적인 순간을 겪을 것이다. 뿌리째 뽑혀 생명을 잃을 수도 있다. 존재들이 생명을 걸고 숨을 죽이며 기다리는 이 순간이 장엄하다. 이대로 집으로 돌아갈 수 없다. 우걸이 나에게 맡긴 곳이다. 우걸의 수고가 이 폭풍에 사그라지도록 내버려둘 수는 없다.

신발은 벌써 엉망이다. 걸을 때마다 질척질척 엉겨붙은 진흙이 아예 신발을 벗기려 달려든다. 운동화야 다시 사면 될 것이다. 내가 구해낸 과일들을 팔아서 한 켤레 사달라고 하자고 생각하니 실없는 웃음이 터진다. 나를 도우러 왔다던 교도소의 '작가'가 떠오른다. 도울 때, 어떻게 도와야 하는지 구체적인 방법을 물어볼 걸 그랬다. 이 작은 풀때기들도 어떻게든 제대로 서 있게 도와주고 싶다. 작은 것들이어서 더욱 가슴이 아릿하다. 밭둑이 무너지지 않도록 삽을 찾아와서 옆을 괴어주고 싶지만 그래봤자 별 소용이 없어 보인다.

나는 별다른 도움도 되지 못하면서 부산할 뿐이다. 도움이 되려고 안달을 하면서 오락가락 뛰어다닐 뿐이다. 빗방울이 커진다. 언제부터였는지 랜턴에서 빛이 더 나오지 않는다. 말 그대로 온전한 암흑이다. 헤매다간 자칫 코앞에 있는 집을 찾아가기도 어려울 것 같다. 폭우라도 쏟아지면……. 무턱대고 집이 있으리라고 여겨지는 방향으로 걷는다. 제법 걸었다고 생각했는데 집 근처 시멘트 포장길이 나타나지 않는다. 이렇게 계속 질척거린다는 것은 집이 있는 방향이 아니라는 뜻이다. 왔던 길을 되돌아 다시 걷기 시작한다. 이백 미터쯤 걸어왔으니, 집까지는 사백 미터쯤 떨어졌을 것이다. 오백 미터나 어쩌면 천 미터쯤 걸은 것도 같은데 질척거림은 계속된다. 오른쪽이나 왼쪽으로 벗어난 것이다. 이런 식이면 어둠 속을 계속 맴돌고 말 것이다.

옆으로 약간 비켜난 방향으로 다시 걷는다. 방향을 상실한 걸음은 저절로 급해진다. 마음만 앞서지 발아래는 물큰물큰 내려앉고 진득진득 잡아당긴다. 어떻게든 집에서 멀지 않으니 다행이다. 부엉이 울음 소리 같은 괴괴한 바람 소리가 들렸다. 이 방향도 아니다. 암흑천지다. 어둠 속에는 방향이 없음을 여태 몰랐다. 방향이란 나 자신에서 나온다고 생각했었다. 내가 서 있는 위치에 따라 오른쪽과 왼쪽이 정해지고 앞과 뒤도 정해진다고 믿었었다. 인간의 몸이 우주의 중심이라고 여겨왔다. 하지만 어둠 속에서는 내 오른쪽이나 내 앞이나 의미가 없다. 방향은 빛에서 나오는 것이었다. 빛 안에서만 제대로 방향을 잡을 수 있다.

계속 걷기만 하니 다른 두려움이 엄습한다. 방향을 잘못 잡아 연꽃 연못에 발을 헛디디게 되면 진흙 펄에 처박히고 말 것이다. 낚싯줄을 내려볼 수 있을까 싶어서 돌을 던져보았을 때 상당한 깊이였다. 내달리던 걸음도 조심스러워진다. 무겁게 걸친 우의는 별 소용이 없어 거세진 빗방울들이 목을 타고 옷 안으로 흘러내린다. 한쪽 발이 죽 사정없이 미끄러진다. 가랑이가 찢어지려는 순간 반사적으로 균형을 잡았더니 앞으로 꼬꾸라졌다. 두 손바닥과 양 무릎이 땅에 부딪혔다. 랜턴은 어둠 속으로 사라져버렸다. 바닥을 더듬거려 보았지만 소용없다. 밭에는 이런 돌이 거의 없었다. 이미 밭을 벗어난 것이다! 발이 미끄러지고 난 후부터는 바닥이 울퉁불퉁하다. 빗줄기와 함께 시냇물 소리가 섞여 들린다. 개울이 가까운 듯한데, 개울이라면 집으로 가는 입구가 아닌가. 빗물이 모여서 한꺼번에 흐르는 소리 같기도 하다. 순간 외마디 비명을 질렀다. 발끝이 큰 돌덩이를 사정없이 걷어찬 것이다. 이 방향도 아니다. 왔던 길을 다시 돌아가야 한다. 그런데 왔던 길이 어디란 말인가. 최소한 밭으로 도로 돌아가야 한다. 나는 다시 돌아섰다. 조금 전에는 어떻게든 밭을 빠져나가려고 했으나 이제는 밭이라도 찾아가야 했다.

그때 발목 근처에서 매끄러운 마찰음이 났다. 뱀이라는 느낌이 반사적으로 일어나서 방향과는 상관없이 내달렸다. 돌멩이나 솔방울이나 논둑이나 상관없이 냅다 밟고 앞으로 달린다. 매끈하고 물컹물컹한 촉감이 뱀의 등을 밟는 것 같아 더 뛰었다. 방향도 집도 필요 없고 나는 오직 두려움을 피해 내달렸다. 발아래 밟히는 모든 것들이 공포고 뱀이다. 갑자기 발을 가로막는 무엇이 있다. 바위도 아니고 나무도 아니다. 침착하려 애쓰면서 발 앞의 방해물을 손으로 살피려는 순간 주저앉고 말았다. 내 장딴지 높이에는 사방으로 풀이 덮인, 무덤이다!

어, 어, 죽음에서 멀어지려고 절망적으로 달리자 시인의 마지막 자존심이 꿈틀거렸다. 비겁하게 죽음 앞에서 도망치지 말라고 나를 건드리는 것이 있다. 하기야 밤새 이렇게 헤매야 한다면 무슨 일을 당할지도 모른다. 그래, 길을 잃었을 때는 잠시 그 자리에 서 있는 편이 낫다. 가까스로 나를 멈추어 세웠다. 멈춰 서 있으니 두려움이 조금씩 잦아진다. 그렇게 죽어라 하고 달려와서 마침내 도착한 곳이 꼼짝할 수 없는 어둠 속이다. 교도소 독방에 혼자 서 있던 내 모습이 떠오른다. 꼼짝할 수 없던 그곳, 내 삶의 종착점 같다. 혹독한 두려움과 외로움을 안고 서 있어야 하는 형벌을 받은 느낌이다. 갈 곳이 없고 어디로도 빠져나갈 수가 없다.

이 막막하고 고단한 상태에서 갑자기 아버지가 떠오른다. 더 어디로 가야 할지 알 수 없을 때 어디에도 돌아갈 수 없을 때, 아버지를 찾았다. 돌아가면 언제나 기뻐하시던 아버지! 돌아갈 때마다 아버지는 묵묵하게 받아주셨다. 언제나 기다렸다는 듯이 음식을 식탁에 가득 차려주었다. 아버지의 목소리가 너무나 그립다. 내 이름을 부르는 아버지의 목소리를 한번만 듣고 싶다. 바지 주머니 안에 휴대전화를 넣어온 것이 생각났다. 다행히 극소량의 배터리가 남아 있다. 서둘러, 비옷 끝자락 속에서 녹음 파일을 찾아 아버지의 목소리를 안타깝게 기다린다.

내 사랑하는 만우야 천우야

아! 회한과 슬픔이 온몸을 휘감고 돈다. 나는 몸을 꼬며 휴대전화를 젖은 손으로 품에 껴안는다. 늙은 아버지를 끌어안듯 내 가슴과 휴대전화의 가슴을 맞대고, 아버지의 고달픈 손가락을 만지듯 휴대전화를 주무르며, 입에 입 맞추듯 휴대전화에 뜨거운 입술을 대었다. 지난번 형과 같이 들을 때는 아버지의 유언을 들었지만 지금은 혼자서 아버지의 마음을 듣는다. 아버지의 육체적 고통이 고스란히 나에게 전달되어 고통으로 한 몸이 된 채 비탄에 잠겼다.

너희 둘 중에 예수님을 먼저 만나는…… 천우가 돌아오거든…… 이 집의 지붕이 있는 한 천우가 원하면 이 집에 머물게 해주거라.

얼굴로 마구 쏟아져 내리는 빗물을 손등으로 닦으며 속으로 부르짖는다. 아버지! 아버지! 내 울부짖음에 대답하듯 아버지는 마지막 인사를 하신다.

사랑한다. 만우야, 천우야!

아버지의 목소리가 들리지 않더니 지직거리며 잡음이 새어나온다.

잡음이지만 폴더를 접으면 아버지와 영원히 끊어져버릴 것 같다. 아버지와의 마지막 끈을 붙잡듯 잡음을 듣고 있다. 배터리가 거의 끝나가고 있어 잡음마저 절박하다. 어! 무슨, 뭔가 심상찮은 소리를 분명 들었다. 나는 급하게 재생 버튼을 누른다. 유언의 마지막 문장 뒤에 잡음이 흘러나오는 상태가 지나가기를 기다렸다. 배터리는 마지막 호흡처럼 깜박이고 있다.

우걸아. 네가 아이스크림을 사서 천우에게 좀 건네주면 좋겠다.
이 애비가 사다주는 것이라고 말하면서!
그 애가 돌아오면 아이스크림을 꼭 한 번 사주고 싶었다.

아버지가 꼭 한 번 살아 돌아올 수 있다면 방금 오셨다. 나는 너무나 생생한 아버지의 목소리를 들었다.
아버지!
아버지도 내 목소리를 듣고 계셨다.
천우가 돌아왔어요.
나는 아버지에게 그간 무슨 일이 있었는지 천천히 말하기 시작했다. 내가 알지 못한 사이에 배터리의 생명이 다했다. 다시 온전한 어둠 속이다. 하지만 뭔가 다른 느낌이 찾아들었다. 오들오들 몸이 떨리고 덜덜덜 이가 갈리던 공포가 천천히 가라앉는다. 장대비가 나를 감금하던 시간이 천천히 지나가고 있는 것이 느껴진다. 어둠이 나를 칭칭 묶어두던 조금 전과 달리 주변이 조금씩 포근하게 다가온다. 녹음기에서 흘러나오던 아버지의 목소리가 든든한 육체처럼 나를 품 안에 감싸고 있었다. 녹음기를 끄기 직전에 자연스럽게 실린 대화가 틀림없었다. 우걸이 알고도 지우지 않고 넘겨주었을 것이라 생각하니 생애 가장 처철하고 아름다운 감정이 나를 사로잡는다. 나는 더없이 위로받고 있었다.

어, 얼핏 불티가 보였다. 온몸이 삽시간에 다시 경직된다. 다시, 번쩍하고 스쳐 가는 빛의 기운이 뒤쪽에서 느껴졌다. 조심스럽게 몸을 움직여본다. 뒤에서 접근하고 있는 것은 짐승의 눈빛 같다. 모른 척 걷기 시작한다. 공격이 시작되면 순식간에 당하고 말 것이다. 숨 막히는 긴장감이 뒤따라온다. 실체를 확인하고 싶은데 경직된 목이 돌아가질 않는다. 짐승이라면 벌써 그 정체를 드러냈을 것이다. 소리로도 짐승인지 정확하게 구분이 되지 않는다. 돌아서라! 빛의 갈기를 향해 돌아서라. 나는 두려워하는 몸을 간신히 설득하여 돌려세웠다.

왕관!

산 위의 빛의 왕관이 어룽진 눈 사이로 보인다. 저 불빛은 밤새 한 번도 꺼진 적이 없었다. 한 번만 고개를 들었으면 볼 수도 있었을 텐데. 여태 보지 못한 것이 이상할 정도다. 고개를 들지 않아도 저렇게나 강한 불빛은 쉽게 감지됐을 것이다. 정전되었거나 무슨 특별한 이유로 소등했던 걸지도 모른다. 어쨌든 드디어 불빛을 찾았다. 방향도 찾았다. 집에서 그렇게 멀지 않은 곳에 내가 있다. 시간은 모르겠다. 밤새 헤맨 것 같은데 집에서 오백 미터 정도 떨어진 곳이다. 집으로 돌아가자. 나는 나에게 중얼거렸다. 집에 돌아가서 쉬자. 나는 교도소의 불빛을 의지하고 집을 향해 걸었다.

모순의 언어

언제부터 보조 작가 이기숙이 문 근처 흡연 테이블에 앉아 있었는지 알 수 없었다. 수동의 시선을 느끼고 담배를 끼고 있던 오른손을 아래로 내린다. 손을 흔들자 손을 흔든다. 그의 테이블로 옮겨온 그녀는 방해하지 않기 위해 잠시 기다렸단다. 이곳으로 온다고 문자를 보냈는데, 그가 미처 확인하지 못한 모양이라고 했다. 이기숙은 가방을 열더니 신문 한 장을 꺼내 내민다. 수동은 별 기대하지 않고 신문기사를 읽기 시작한다.

죽어서도 사람을 살린 의인

태풍에 산사태가 났고 쏟아져 내린 흙무더기가 경주의 E 재개발지역을 덮쳤다. 아직 다른 곳으로 이주하지 못한 할머니와 손녀가 그 밑에 깔린 것 같다고 사람들이 경찰에 신고했다. 포클레인이 흙을 걷어내는 광경을 바라보며 사람들은 발을 동동 굴렀다. 견딜힘을 보태려흙무더기 아래로 이름을 부르려 했지만, 할머니와 손녀 이름을 아는사람이 없었다. 동사무소 여직원이 할머니의 이름이 강순지라고 알려왔다. 아들이 재혼하면서 자신의 어린 딸을 늙은 어머니 손에 맡기고서울로 가버린 경우였다. 번듯한 직장을 가진 아들 때문에 할머니와손녀는 국가 지원금 지급 자격에서 배제되었고, 할머니는 폐지를 줍고고물을 모아 끼니를 연명하면서 손녀를 돌보고 있었다.

납작해진 지붕 아래로 집의 뼈대가 앙상하게 드러났다. 사람이 있을 만한 어떤 미동도 올라오지 않자 포클레인은 더 깊게 흙을 걷어 나갔다. 집의 내부가 완전하게 드러났을 때, 다행히 그 속에는 아무도 없었다. 간신히 연락이 닿은 서울의 아들은 할머니에 대해 아무것도 모르고 있었다. 주변에 살던 사람들은 재건축이 결정되면서 이미 이사를한 상태여서 연락하며 지낼 만한 사람이 거의 없었다. 구조대는 일단철수했는데, 남은 사람들이 혹시 그들이 피신하고 있을지 모를 빈집들을 샅샅이 뒤졌다. 그때 한 경찰이 주변 고물상으로 연락을 취해보자고 했다. 매일 고물을 팔아서 살았으니 그곳에 알아보면 동태가 파악될 것이었다. 가까운 고물상은 할머니가 최근 일주일 동안 들르지 않았노라고 했다. 경찰은 상당히 먼 곳의 고물상들을 다 뒤졌다.

그렇게 해서 할머니와 손녀가 사라진 기막힌 사연이 밝혀졌는데, 이러했다. 한 고물상 노인이 트럭으로 할머니 댁에 들러서 고물을 가져가곤 했는데 어느 날부터 나타나지 않았다. 할머니는 하는 수 없이 모아둔 폐지와 폐품들을 근처 고물상에 가져갔다고 한다. 거의 비슷한 양인데 손에 쥐는 돈이 차이가 나서 어떻게든 이전 사람을 찾아야만 했다. 할머니는 물어물어 찾아갔지만 노인을 만날 수가 없었다. 마침 고물상의 문이 조금 열린 상태여서 며칠 동안 고물상 마당에 기거하면서 노인을 기다렸다. 집처럼 고물들이 쌓여 있는 그곳이 매우 평안하게 느껴졌다 한다. 산사태는 할머니와 손녀가 그곳에 머문 시간에 벌어졌다. 돌아가신 고물상 노인의 관대한 장사술 덕분에 천만다행으로 두 사람이 목숨을 구할 수 있었던 것이다.

이기숙이 수동의 반응을 기다리며 퀭한 눈으로 살짝 웃는다. 보조 작가를 내보낸 것은 꼭 자료를 기대해서만은 아니었다. 시키긴 했지만, 정말 찾아올 줄은 예상하지 못했다. 하기야 보조 작가는 어떻게든 해내야 한다. 사실 수동은 예수가 죽은 후에 사람들의 생명을 구했다는 보조 작가가 되풀이하는 표현에 질려서 꾀를 부렸다. 현실에서 예수와 유사한 경우를 찾아오라고 시켰던 것이다. 무신론자가 기독교 드라마를 완성하느라 워낙 보조 작가를 괴롭히다 보니 미안하기도 해서 조금 쉬라고 내보낸 것이기도 했다. 그런데 보조 작가가 이 기사를 들고 그가 있는 이곳을 수소문해서 나타난 것이다. 얼마나 뛰어다녔는지 얼굴이 홀쭉해졌다.

"죽은 노인이 살아 있는 두 사람을 구한 것이 분명하죠?"

"고물상 할아버지는 다시 살아나지 않았고, 예수는 다시 살아났잖습니까. 죽었던 예수가 삼 일 만에 살아났다는 이야기를 시청자에게 제대로 이해시킬 방법이 나에게는 없어요."

수동은 10년 이상 별의별 드라마에 투입되어서 접해보지 않은 자료가 없었다. 이번 드라마는 한 가지 난공불락의 지점이 있었다. 예수가 죽어서 삼 일 만에 다시 살아난 것과 그래서 사람들을 구원했다는 것이었다. 그것이 믿어지면 믿음이라고 했다. 수십 번도 더 들었지만 믿어지지 않으니 문제였다. 이런 상태에 놓이니 심사위원들이 왜 그의 작품을 선정했는지 스스로 모를 지경이었다. 처음에는 알고 쓴 것 같았는데 점점 무엇을 썼는지 모르는 상태가 되어갔다.

작품을 응모할 때는 전체적인 줄거리만 내놓았다. 트리트먼트를 더 섬세하게 가져가는 과정에서는 첫 신(scene)에서부터 구멍이 났다. 박영식이 책의 의미를 아는 자를 꼭 찾아내달라며 최치량에게 집을 넘겨주지만, 정작 작가가 그 의미를 알지 못하니 스토리가 진전되지 않았다. 드라마의 등장인물들을 컨트롤할 수가 없었다. 당시에는 주변에 성경을 아는 자가 없어서 그렇다 치고, 지금 그의 곁에는 성경에 도를 통한 모태신앙인 보조 작가가 있다. 그녀는 그가 요청하면 수십 번도 더 설명했다. 마치 소명처럼 매일 방식을 바꿔가면서 설명했으나 소용없었다. 보조 작가는 스스로 기가 죽어 말한다.

"……이제 기도하는 수밖에 없네요."

오늘이 그가 트리트먼트 원고에 손을 댈 수 있는 마지막 날이다. 대사 작업에 들어가면 수정은 거의 불가능해진다. 최치량이 성경이 도배된 집에서 살면서도 27년이나 지나서야 마펫 신부를 만나 책의 내용을 깨닫게 되는 장면은 드라마의 절정 부분이다. 이 부분에서 최치량에게 믿음의 본질을 깨닫게 해주는 성경 구절을 보조 작가와 여러 번 논의했다. 보조 작가는 성경 구절을 오십 개쯤 들이밀었다. 수동은 스스로 납득 안 되는 구절로 시청자들을 설득할 수가 없었다. 수동은 이 구절만은 보조 작가에게 넘겨주고 싶지 않았다. 오늘 원고를 마무리해야 하는데 그가 워낙 미적거리자 보조 작가가 신문기사까지 공수하게 된 것이다. 미안한 마음에 수동은 다른 건으로 화제를 돌렸다.

"참! 벽에 한문 성경을 바르면 시청자들이 금방 알아보기 힘들 테니, 한글 성경으로 바꾸고 대신에 고서를 바르도록 바꿔야겠어요."

조선은 대원군의 쇄국정책으로 병인년에 수천 명의 천주교도들을 죽였다. 중국에서 선교하던 토마스 선교사는 그 사실을 알고서도 조선으로 향하는 제너럴셔먼호에 통역을 자처해서 승선했던 사람이었다. 조선에 성경이 없다는 사실을 알고 한문 성경들을 안고 왔다. 조선 땅을 제대로 밟지도 못하고 죽어갔지만, 그가 뿌린 성경들이 우리나라 개신교를 세워나갔다. 휴대전화가 울렸고, 이기숙은 한참 동안 전화를 받았다.

"신문에 난 것보다 더 아름다운 이야기가 숨어 있었네요. 경주의 할머니요. 돈을 더 많이 받을 수 있었던 것은 노인이 할머니의 집에 두라고 한 저울 때문인데, 5kg이나 더 나가게 진작 조정되어 있었던 것을 발견했대요. 그렇게 해서 모르게 도와준 거래요. ……저는 저쪽에 있을 테니 필요할 때 부르세요."

"저쪽! 흡연구역? 기독교인이 담배 피우면 안 되지요."

"와하하하하……! 보조 작가들의 속이 얼마나 타는지 하나님은 아실 거예요. 그러지 않아도 아까 핀 담배가 내 생애 마지막 담배예요."

수동은 보조 작가가 앉아 있는 모습을 가만히 지켜본다. 메인 작가 때문에 담배를 피워 물었다니 속이 어지간히 썩은 모양이다. 강천우 작가가 메인 작가였을 때, 보조 작가였던 그가 당했던 일이 생각난다. 강 작가는 과거에 시를 썼다고 들었다. 〈연애의 게임〉의 대사에 시의 운율을 살려보자고 했다. 무슨 말인가 했는데, 단어들의 리듬을 맞추는 일이었다. 시가 일상의 언어보다 아름다운 이유는 리듬이 있기 때문이라 했다. 돌이켜보면, 그 작품이 성공한 것은 그의 말대로 운율을 넣은 대사도 한몫했음을 부인할 수 없다. 강 작가는 간결하게 조탁된 시어가 인간이 가진 최고의 언어라고 입버릇처럼 말했었다. 수동은 보조 작가가 이쪽을 바라보는 것 같아 테이블에 놓인 성경에 코를 박는다.

제대로 된 드라마를 써 보겠다고 몇 개월 동안 성경을 집중해서 읽었다. 읽기는 열심히 읽었지만 무슨 말인지 이해할 수 없었다. 비유로 표현된 성경은 마치 외국어처럼 감이 오질 않았다. 박영식의 심정이 그의 심정이었다. 읽을 수는 있어도 이해할 수 없는 책! 한 단어를 파고들면 이해할 수 없는 단어들이 꼬리에 꼬리를 물고 딸려 올라왔다. 이 수상한 단어들의 귀결점은 항상 예수였다. 예수의 탄생을 기점으로 기원전과 기원후가 나누어진다는 사실은 새삼 놀라운 것도 아니었다. 예수가 올 것이라는 계시를 적은 구약과 예수가 온 후의 기록이라는 신약, 이 두 가지 약 때문에 두통이 사라지지 않는다. 이 두통은 결론적으로 사용하는 단어들의 뜻을 제대로 이해하지 못한 작가의 한계에서 온 것임을 자백하지 않을 수 없다. 자신의 무기인 언어를 통제하지 못하니 그 칼에 찔리는 수밖에 없다. 드라마를 이런 식으로 진행하면 결과는 뻔하다. 하지만 예수라는 단어의 문만 제대로 열면, 그 안의 다른 단어들도 함께 이해하게 될 것 같다. 하나를 알면 나머지를 한꺼번에 이해할 수 있는 것이 지혜이고 진리가 아닌가.

그동안 성경을 읽으면서 겨우 발견한 것은 성경의 모순들이었다. 구약에서 모세에게 계명을 줄 때는 '부모를 공경하라'라고 해놓고, 신약에서는 '나에게 부모 형제가 어디 있느냐'라고 예수가 말했다. 이 뻔한 모순을 사람들이 모를 리가 없을 텐데, 그가 풀지 못하는 비밀의 열쇠가 어디에 있을까. 그는 드라마 대본이 최고의 언어라고 생각하지는 않는다. 하지만 강천우 작가는 시의 언어가 최고라고 주장했고, 보조 작가는 말씀이 최고의 언어라고 주장했다. 각자의 관점에서는 최고의 언어가 분명했다. 그렇다면 성경에서 모순처럼 보이는 부분을 각기 다른 관점에서 볼 수 있다. '부모를 공경하라'는 세상의 시각에서 나온 계명이고, '나에게 부모 형제가 어디 있느냐'는 신의 관점에서 나온 표현이라고 해석해보니 그럴듯하다. 신의 관점에서는 하나님이 부모이고 그 부모를 믿는 사람들은 다 형제자매라는 소리다.

보조 작가가 가져온 기사의 제목이 언뜻 눈에 들어온다. 죽어서도 사람을 살린 의인. 의인? 수동은 보조 작가를 급하게 불렀다. 사전 맥락 없이 '의인'이 무슨 뜻이냐고 묻는다.

"성경에 나오는 의인요? 이 의인 맞죠?"

보조 작가는 종이에 한자를 크게 갈기며 반문한다.

"성경에서는 예수의 피로 죄 사함을 받고 하나님의 은혜를 입은 자를 일컬어요."

이기숙은 갈겨놓은 한자를 그의 코앞에 들이민다. 드라마 세트장 벽에 한문 성경 대신에 순한글 성경을 도배할 생각이었으나 오산이었다. '의인'이라는 한자 속에 수동이 여태 찾으려 했던 것이 보였다.

"이것 좀 보세요. 의(義)의 한자가 '양(羊)'과 '나(我)'로 만들어졌어요."

$$義 = 羊 + 我$$

"정말이네요. '나'의 머리 위에 양이 있네요!"
"또 '나(我)'를 파자하면 손(手)과 창(戈)으로 나누어지잖아요."
"나(我)는 손으로 농사짓고 창으로 사냥하면서 먹고 사는 사람이라는 뜻일까요?"
"그런 뜻이라면 양이 사람 머리 위에 있지 않고 발아래 있었을 거예요. 의인이란 창으로 양을 잡아 그 피를 머리 위에 뒤집어쓴 사람이네요!"
메인 작가와 보조 작가는 말없이 서로를 보았다.
"예수님을 양이라고도 부르지요?"
"네. 속죄양이죠. 우리 죄를 대신해서 죽으니까요."
두 사람은 서로에게 팔을 뻗어 손뼉을 쳤다. 한자는 표의문자인데 성경의 내용이 들어 있다는 것이 놀랍다. 조금씩 희망이 보이기 시작한다. 이기숙은 자기 자리로 돌아가고 수동은 원고를 다시 들여다본다. 세상적인 방법으로는 '나'의 죄를 씻을 수 없다. 신의 아들이 인간을 위해 죽음으로 대속한다면…… 신은 '나'의 어떤 죄도 용서할 것이다. 예수는 '나'가 태어나지도 않은 이천 년 전에 '나'를 위해서 십자가에서 죽었다. 논리적으로 불가능한 일이 가능할 수도 있겠다 싶다. 머리에서 파르르 전율이 일어난다. 정말 예수가 죄를 대신해서 져준다면 그것만큼 수지맞는 일도 없다. 그러니까…… 부활은 세상의 죽음을 이긴 결과이다. 예수의 죽음을 통해 다시 태어난 인간이 의인이다. 수동은 트리트먼트의 첫 신의 비워둔 공백을 비로소 채워나간다.

그러던 어느 날,

어릴 적부터 글 읽기를 즐기던 벗이 멀리서 와서 하룻밤 머물다 간 일이 있었다. 마주 앉아 막걸리 잔을 기울던 그는 벽지에서 의인(義人)이라는 글자를 짚으며 재미 삼아 뜻을 헤아려보겠노라 했다. 친구는 의(義)자를 羊(양 양)과 我(나 아)로, 다시 我를 手(손 수)와 戈(창 과)로 파자(破字)하더니, 고개를 갸웃거렸다. "글자로 보면 손에 든 창으로 양을 잡아 나의 머리 위에 들어 올린 형상이네. 그러니 의인이란 양의 피를 온몸에 뒤집어쓴 사람이라는 뜻이네." 더 정확한 설명을 내놓지 못하는 것이 무안했던지, 그는 빈 잔을 머리 위로 올려 술을 뒤집어쓰는 시늉을 하며 껄껄댔었다.

술집 주인이 염소수염을 흔들며 호리병과 작은 술잔을 양손에 쥐고 다가온다. 보조 작가는 술 마시지 말라는 뜻으로 손으로 가위표를 만들며 웃는다. 드라마의 술집 내부는 세트장을 사용하겠지만, 골목길과 허름한 외관은 이 술집을 그대로 사용할 예정이다. 홍보 효과를 톡톡히 누리는지라 TV에 나온다면 다들 쌍수를 들고 환영하는데, 이 주인은 설득하느라 애를 먹었다. 주문하지도 않은 술을 따라주는 걸 보면 축하주인 셈이다. 그는 수동과 그 무리가 벽에 성경을 바르자며 농담처럼 설왕설래하던 순간을 기억하고 있다. 예술가류로 짐작되는 한 무리가 들어서자 주인은 일어서며 말한다.

"제대로 된 작품, 만들고 나서 10년쯤 지나서도 후회하지 않는 작품이 되려면 과정이 너무 순탄하길 기대하진 말게나."

수동은 보조 작가에게 빈 술잔을 들어 보이며 웃는다. 그는 여태 비워두었던 부분을 채워나간다. '의인'이라는 단어가 성경의 다른 단어들과 만나자 이상한 일이 일어난다. 여태 알지 못하고 사용했던 성경 속의 단어들뿐만 아니라 세상의 인정과 관심을 받으려고 축적했던 단어들, 세상과 싸우려 갈고닦은 단어들, 그의 능력이라고 믿었던 언어들이 제대로 엮여 들어온다. 모순의 언어였지만 더 모순도 불화도 없는 언어의 세계다. 최치량이 벽에 항상 붙어 있던 성경 앞에서도 그 문을 열지 못한 이유가, 그가 여태 예수를 알지 못한 이유와 같았다. '의인'에 대해 최치량이 느끼는 의미, 수동 자신이 마음속 깊이 느낀 의미를 쓰자 불안감이 가라앉는다. 그에게 날을 세웠던 단어들의 무리가 그에게 고개를 숙이고 기꺼이 순종한다. 토마스 신부의 피가 이 땅에 뿌려진 이유를 생각해보니 이천 년 전에 예수에게서부터 흘러내린 것이다.

술집을 나서는데, 이기숙이 우산을 펼쳤다. 그녀는 배짱 좋게 혼자 우산을 쓰고 걷는다. 수동은 공백을 제대로 채울 수 있도록 딱 맞는 자료를 가져다준 그녀에게 감사의 말을 전하고 싶으나 왠지 겸연쩍다.

"양이 나의 죄를 위해서 죽었다고 했죠?"

"그럼요."

"기숙 씨가 아니었으면 더 많은 죄를 지을 뻔했네요. 알지도 못하는 내용을 사람들에게 보여주려고 했으니까요. 기숙 씨도 메인 작가가 되면 보조 작가의 도움을 많이 받게 될 거예요."

"가뭄의 논처럼 입술이 쩍쩍 다 갈라지셨네요. 은혜의 비를 맞으시라고 저만 우산 쓸게요. 사실 같은 우산 쓰고 있다가 방송국에서 누가 보면 몇 달은 입방아에 시달려야 하거든요."

하늘을 올려다보니, 가는 빗방울들이 그의 얼굴을 간질이며 집중적으로 스며든다. 혼자 우산을 쓰고 물장난을 치며 걷던 보조 작가는 수동이 중얼거리는 말을 듣지 못했다.

"내가 쓴 글의 의미를 당선이 되고도 한참 지난 지금에야 조금씩 이해하고 있으니……. 내 안에 글 쓰는 이가 따로 있었던 것은 아니었나 모르겠네."

은유의 극점

　만우 형의 소유가 곧 될 들판은 일제히 황금빛으로 옷을 갈아입었다. 열매들은 부드럽고 따뜻한 가을 햇살을 받으며 마지막 맛과 향을 더 스미게 하느라고 여념이 없다. 새 주인을 기쁘게 하기 위해 혼신으로 마지막 노력을 다하고 있다. 여행 가방도 싸놓았으니, 우걸이 올 때까지 나에게는 기다리는 일밖에 남지 않았다. 기분 좋은 바람 한 줄기가 몸을 만지고 지나간 순간이었다.

　원피스 차림의 여인이 마당으로 들어서는 모습이 눈앞에 펼쳐졌다. 가을바람에 흔들리는 부드러운 원피스 자락을 보는 것은 감동이었다. 녹슨 철제문의 비명소리도 없이 공기처럼 들어선 것이다. 그녀는 세상과 꿈의 틈 사이에서 가끔 만나는 이름 모를 여인의 모습을 하고 있었다. 이런 시골에서 만날 수 있는 분위기의 여자가 아니었다. 이곳에 온 삼 개월 동안 사람을 만나본 것도 몇 번 되지 않았다.

"미옥이라고 해요. 우걸 씨와 같이 사는 사람! 내일 아침에 떠나신다 해서 찾아왔어요."

그녀는 자연스럽게 다가오더니 조금 떨어진 마루에 걸터앉는다. 가녀린 옆모습과 시골 풍경의 조화가 마치 한 폭의 그림이다. 수많은 밭고랑을 넘어 저 멀리 들판을 향한 깊숙한 눈매를 보자, 형에게 돌려주어야 하는 땅에 대해 하소연을 하러 왔다는 생각이 번뜩 들었다. 소유할 뻔했던 땅을 잃어버린 그녀에게 일종의 동병상련의 감정이 올라온다.

"성경방 도배를 제가 도왔는데, 저 땅에 얽힌 비하인드 스토리를 모를 때였어요."

아니나 다를까 여자가 땅 이야기부터 꺼낸다. 말려들고 싶지는 않다. 이런 분위기의 여자가 돌변하여 땅을 돌려줄 수 없다고 고집 피우면 대책이 없을 것이다. 우걸과의 마지막 만남에 신경이 온통 가 있었던 상태라 그녀의 등장은 혼란스럽기만하다. 다행히 우걸이 아내를 대신 보낸 것은 아닌 낌새다.

"우걸 씨는 아버지가 일찍 돌아가셨기 때문에 별 유산이 없었어요. 국가 공무원인데 큰 땅을 가지고 있는 것이 수상하게 여겨졌겠지요. 천우 씨가 서울에서 내려올 즈음에, 우걸 씨는 감사를 받았어요. 마치 땅을 살 사람처럼 저에게 접근했지만 저는 그들이 뭔가 캐내려고 한다는 것을 알았어요. 최근 땅값이 천정부지로 치솟으니까, 이런저런 말들이 돌아다니면서 우걸 씨를 걸고넘어진 사건 같아요. 우걸 씨는 내가 걱정할까봐 말하지 않았고, 내가 이 사실을 알고 있다는 것도 아직 몰라요."

"감사요?"

"감사받은 충격 때문에 성경을 갈가리 뜯는 줄 알았어요. 성경을 칼로 쓱쓱 자르는데 제 핏줄이 하나씩 잘려나가는 느낌이었어요. 나쁜 마음이라도 먹을까봐 가슴이 내려앉았어요. 다행히 우걸 씨는 성경 낱장들로 도배를 하자고 하더라고요."

"감사는 어떻게 됐나요?"

"우걸 씨의 땅이 아니라는 사실이 드러났으니 해결되겠지요."

땅과 관련해서는 상황을 더 복잡하게 만들고 싶지 않았다. 그녀가 마음을 빨리 정리할 수 있도록 단호한 마무리가 필요해 보인다. 그런데 그녀의 엉뚱한 말이 내 말을 가로막는다.

"감사에 걸렸는데 이렇게 해결이 나서 감사해요."

"감사해요?"

두운과 각운을 사용할 줄 아는 언어 감각이 좋은 여자다.

"천우 씨에게도 감사해요. 도배를 도우면서 여태 모르던 우걸 씨를 만났으니까요. 종일 성경 낱장을 붙이는데, 우걸 씨가 너무 지극정성이었어요. 처음에는 도배를 말렸는데, 나중에는 여기 오는 친구가 하나님을 믿으면 좋겠다는 생각이 저절로 들더라니까요. 감사 결과에 따라 직업도 명예도 다 잃을 처지였는데, 우걸 씨는 전혀 흔들림이 없었어요. 오로지 마음과 정성을 다해서 저 방을 도배하더라고요. 비로소 그 사람의 중심에 무엇이 있는지를 알게 되었어요. 비로소 우걸 씨가 사랑하는 분이 제 눈에도 보였어요. 앞으로는 그 사람의 일부분이 아니라 중심을 공유하면서 살고 싶어졌어요."

"혹시 땅을 뺏기는 것이 마음에……."

"뺏기는 것이 아니라 돌려드리는 거잖아요. 그리고…… 만우 씨가 저 땅에서 나는 소출은 원하는 만큼 가져다 먹으라고 했어요. 내가 가장 좋아하는 장소가 어디냐고 물으시기에, 연꽃 연못이라고 말했어요. 우걸 씨가 나를 위해 마련한 것이라고 착각했던 곳이지만 말이에요. 그곳은 곡식이 나는 곳도 아니고 아름다운 장소일 뿐이니 그림 그리는 사람이 가지는 것이 가장 값지게 사용하는 거라고 제게 주시겠다고 하셨어요. 받겠다고 완전히 대답한 것은 아니에요. 사실 제가 여기 온 것은…… 서류 정리할 때 그곳을 천우 씨 이름으로 해도 돼요."

땅을 못 내놓겠다고 억지를 부리는 편이 나았다. 최근 연잎이나 연자육이 인기가 있어 큰돈이 되니 그것만은 내줄 수 없다고 하는 편이 나았다. 자존심에 생채기가 났다.

"저는 그런 것 필요 없습니다."

"우걸 씨는 천우 씨를 많이 좋아해요. 다음에도 글 쓰러 이리 오세요. 연꽃 연못이 정서적으로 좋은 장소가 될 거예요. 대신에 추억의 장소이니…… 우리 부부는 자유롭게 그곳에 드나들게 해주세요."

그녀가 돌아갈 때는 녹색 대문이 비명을 지른다. 우걸에게 왜 고치질 않나 물었더니 초인종 대용이라 했다며 웃었다. 녹색 원피스를 입은 그녀가 분홍색 양산을 펴들고 문밖으로 나간다. 나는 열린 대문 사이로 그녀가 한 송이 연꽃처럼 들판 사이로 걸어가는 모습을 오랫동안 보고 있었다. 그녀가 시야 밖으로 사라진 뒤에도 쉽게 문을 닫을 수가 없었다. 마치 우걸과의 마지막 한판을 앞두고 투입된 교란병을 만난 느낌이었다. 잔뜩 무장된 내 전투력을 일시에 해제시킨 것은 부드러운 원피스 자락이 아니었다. 아예 세상에 속박된 적이 없는 사람이 지닌 자유로움 때문이랄까.

 진작 내 시를 보러 와야 할 우걸은 약속 시간이 지나도 나타나지 않는다. 이제 세트포인트만 남았다. 우리의 대결은 여러 단계를 밟아왔다. 시와 성경은 공통점이 많다. 시의 가장 큰 특징은 단연코 리듬인데, 성경도 시편뿐만 아니라 전권에 리듬이 들어 있음을 우리는 벌써 수년 전에 확인했다. 성경에도 시 못지않은 서정성이 있음을 확인했고, 감동도 있음을 확인했다. 우리가 싸우다가 헤어진 부분은 역사성에 관한 것이었다.
 내가 쓴 차릉파의 트리트먼트는 감각 있는 드라마작가라면 쓸 수 있는 정도였다. 내가 실험한 것은 과거의 차릉파를 현실로 끄집어내는 것만은 아니었다. 우걸은 성경이 역사이고 하나님이 역사를 주관하신다고 주장하니, 나는 내 시만으로도 역사를 새롭게 만들어가고 주관할 수 있음을 보여줄 심산이었다. 드라마 작품응모에 떨어졌으니 당장 드라마로 보여줄 순 없어도, 그것을 시로 환원하는 작업에는 거의 성공했다. 하나님의 말씀은 살아 운동력이 있어 좌우의 날 선 어떤 검보다 예리하여 혼과 영과 관절과 골수를 쪼개기까지 하며 또 마음의 생각과 뜻을 감찰한다고, 우걸이 얼마나 말씀을 되풀이해서 말했는지 내가 거의 외울 지경에 이르렀다. 나는, 나의 검, 나의 문학적인 펜이 얼마나 강하게 세상을 쪼개고 되살려놓을 수 있는지 보여줄 작정이었다.
 끼익, 이 집 특유의 초인종이 울려 고개를 든다. 우걸은 마루에 내놓은 내 짐을 힐끗 보고 나서, 마루 곁의 아보카도 가지를 먼저 들여다본다. 초가을 저녁 날씨가 제법 쌀쌀해서 우리는 방으로 들어갔다.

"그동안 이 집 잘 썼어. 아버지가 돌아가셨을 때 빈소 지켜주어서 고맙고……. 아버지는 가난 때문에 학교 문턱도 밟아보지 못한 분이셨다. 주말에만 열리는 집 근처 노인복지센터에서 몇 개월 한글을 배운 것이 거의 전부야."

"아버님 생각이 나는 모양이구나."

"아버지가 하나님을 받아들이셨다고 했는데, 성경을 제대로 읽기조차 벅찬 분이 성경의 그 많은 은유를 이해하고 받아들이셨을까."

오늘 마지막 대결의 화두는 은유이다. 은유는 사물의 움직이나 현상을 함축적인 언어로 말하는 것이다. 우리의 결정전은 이 은유가 품을 수 있는 최대치가 얼마나 되는가를 가늠하는 것이 될 것이다. 우걸과 나는 가장 함축적이고 아름다운 표현을 내놓을 것이다. 나는 시구를, 우걸은 성경 말씀을! 최소치의 표현 속에 최대치의 의미를 담는 쪽이 이기는 승부였다. 상대를 설득하여 두 손 들게 만들면 승리하게 될 것이다.

"많이 배웠다고 지혜를 가질 수 있는 것은 아니야. 네가 말하는 시적 은유와 성경에 있는 비유는 다르다. 성경의 비유는 허락된 자만이 그 비밀을 깨달을 수 있어. 아버님은 그 비밀을 알아차릴 수 있는 빛을 얻으신 거야."

"선택된 자만 구원을 받는다면, 선택받지 못한 것이 내 죄는 아니잖아. 최치량도 성경으로 도배로 된 집에 살면서도 27년이나 지나서 세례를 받았다. 27년만 기다려봐. 그때는 내가 혹시 선택될지 모르잖아."

"만우 형님은 하룻밤 만에 예수님을 만났지. 지금도 가슴이 먹먹해질 정도로 감동이 온다."

갑자기 말문이 막힌다. 공격적인 어투나 완고한 태도 없이 우걸은 나를 단번에 밀어붙인다. 사실 나는 이곳에서 수개월 잠을 자고 여러 번 말씀에 대해 들었지만, 성경에 대한 거부반응조차 제거하지 못했다. 어떤 사람들은 만나면 만날수록 더 멀어지듯이, 성경도 읽으면 읽을수록 이해도 안 되고 마음이 갑갑하다. 우걸에게 패를 먼저 보이라고 말하려는 순간이었다.

"작품은 어떻게 되었어? 결과가 왔어?"

우걸이 선제공격을 감행했다. 나의 패배를 자인시켜서 전의를 상실케 할 의도다.

"내 밑에 있던 보조 작가가 토마스 선교사 이야기로 당선이 되었다네. 네 말을 들었으면 유사한 작품이 나와서 큰 싸움이 날 뻔했어."

"오! 일이 그렇게 풀어졌구나. 어떤 작품이 될지 정말 기대가 되는구나."

우걸이 드라마에 관심을 보인 적은 없었기에 그의 반응은 나를 처참하게 뒤흔든다. 우걸은 항상 내 시를 궁금해했던 유일한 독자였다. 내가 시를 쓰지 못하고 있을 때도 꼭 시를 써야만 시인은 아니라고 다독였다. 시인은 어느 속박에도 묶이지 않는 그 자유한 정신 때문에 우리를 자유케하시는 예수님을 더 사랑할 수 있다고 설득하던 친구였다. 시인은 세상의 수치와 모멸을 즐거이 견딜 줄 알기에 세상의 죄를 모두 감당했던 예수님의 마음을 더 잘 이해할 수 있을 것이라 말했었다. 시인은 자신을 스스로 죽음까지 몰아가기를 주저하지 않는 성정 덕분에 세상 사람들을 위해 기꺼이 죽음을 택한 분을 언젠가 더 사랑할 수 있을 것이라 반복했었다. 죽는 것이 사는 것이라거나, 죽으면 죽으리라는 구절들을 여타의 설명 없이도 이해할 수 있는 시인이야말로 말씀의 아름다움을 가장 깊게 누릴 수 있는 축복을 지녔을 것이라고 누구이 말하던 친구였다. 그래서 내가 쓴 시들을 마치 성경을 대하듯 좋아하고 사랑하던 친구였으나, 지금은 내 시작 노트에 눈길조차 주지 않는다.

"무신론자가 쓴 드라마야. 기독교인도 아닌데 네가 기대할 것이 뭐 있을까?"

"선한 의도가 들어갔다면 선한 결과가 나올 수도 있지. 그런 주제를 선택한 것 자체가 은혜 없이는 불가능한 일이야. 그분은 하나님을 만나게 될 거야."

우걸이 이렇게 잘난 척하는 인간인가 싶어 짜증스런 목소리로 말했다.

"이제 네 패를 펴봐!"

"네가 가장 믿지 못하겠다고 한 '오병이어'에 대해 다시 말해볼게. 다섯 개의 떡과 두 마리의 물고기로 오천 명을 어떻게 먹이느냐고, 절대로 불가능하다고 했지. 여태 나도 이 부분을 온전히 납득하지 못했었는데, 이번에 네가 말한 술집의 내기를 통해 깨닫게 되었어. 떡과 생선은 하나님의 말씀이었던 거야. 많은 이가 먹을 수 있게 성령을 부어주시는 분은 예수님이시지. 말씀을 받아 잘 간직하면, 오천 명 아니라 오만 명도 먹을 수 있고, 그러고도 남을 거야."

"내가 설득당했다고 생각해?"

"아니."

"그럼 졌지?

"난 너와 싸우러 온 것이 아니야. 그 떡을 나누기 위해 온 거지."

"네가 '오병이어'로 은유의 크기를 더 설득할 수 없다면, 이제 내 차례야."

나는 습작 노트를 집어 들고 최고의 함축을 담은 시구를 읊기 위해 자세를 잡는다. 그런데 시선을 집중하고 귀를 기울이는 예의를 전혀 갖추지 않은 채, 우걸이 나선다.

"네 최고의 시가 무엇인지 내가 이미 알고 있어!"

칼을 빼 들려던 손에 힘이 스르르 빠진다.

"너의 아이스크림 시가 나에게는 최고야."

나를 거짓말쟁이로 만든 시였기에 우걸에게 말하지 않았던 시였다. 그것은 차치하고서라도, 20년 전에 쓴 어설픈 시로 칭찬하니 기분이 나쁘다. 이후 내가 얼마나 오랜 시간 시를 연단해왔는지 모르는 것이다. 시 속에 역사를 넣는 실험을 했고, 마지막 단계에 돌입했다.

"아버지가 아이스크림을 들고 오는 것이 얼마나 시적인지 너는 써놓고도 몰라. 나는 네가 시로 성경을 풀어놓았다고 생각해. 아버지가 말씀을 가지고 오시지만 녹도록 방해하는 것이 너무 많거든. 햇살과 먼 장터와 그리고……."

"내가 아홉 살 때 쓴 시야. 시라고 할 수 없어."

"형님으로부터 너의 시를 듣는 순간, 네가 예언자라는 생각이 들 정도였어."

아, 다른 때 같으면 그 말이 얼마나 나를 춤추게 했을까. 우걸에게 그 표현을 들었다는 이유만으로 세상의 어떠한 명예나 영광도 더 바라지 않았을 것이다. 하지만 지금은 칭찬이 아니라 나를 구석으로 몰기 위한 전략일 뿐이다. 내 코흘리개 시가 그렇게 감동을 주었다니, 내

최근 시를 보면 패배를 자인할 수밖에 없을 것이다. 그래도 칭찬은 나를 우쭐하게 만들었다. 우걸의 마음이 예전처럼 돌아온 것 같아 습작한 시들을 다 펼쳐 보여주고 싶었다. 다시 습작 노트를 그 앞으로 슬며시 밀어놓는다. 우걸은 그래도 노트에 달려들지 않는다. 아예 노트에 손을 대지 않음으로써 나를 무장해제시키는 전략을 짠 것이 틀림없다. 적의 반응을 끌어내려면 공격이 최선이다. 더구나 상대의 언어로 공격하는 편이 유리하다.

"구원은 등경 위의 등불이고, 영혼의 허기를 채우는 식탁이고, 상처에 바르는 기름이야. 구원은 시를 통해서만 가능해!"

"맞아. 시를 통해서 신을 만나는 자가 있고, 시 때문에 신을 만나지 못하는 자도 있어."

시를 통해서 신을 만난 자는 형이고, 시 때문에 신을 만나지 못한 자는 나라고 비꼬는 말이다. 이기려고 애쓰지 않는 자가 이기려고 애쓰는 자에게는 가장 어려운 적수다. 우걸은 어떤 공격도 공격으로 여기지 않으니 보호막을 입은 사람처럼 손상이 없다. 내가 공격을 가할수록 그 보호막은 더 살아서 빛이 난다. 여태 갈고 닦은 시로 공격을 할 수 없으니 방어라도 제대로 해야만 한다.

"내 아이스크림 시가 최고인 이유가 뭐라 했어?"

"아버지가 가지고 올 아이스크림이 하나님 아버지가 우리에게 주실 말씀이다. 아버지의 아이스크림이 오병이어의 떡과 물고기이기도 하지. 나는 이전에도 이후에도 이보다 아름다운 시를 만나지 못할 거야."

우걸은 '아버지의 아이스크림'이 얼마나 아름다운지 말해주기 위해 오늘 일부러 왔다고 했다. 내 시가 아버지의 큰 사랑을 그토록 잘 담을 수 있다는 것이 믿기지 않을 정도라 했다. 나는 순간 두 사람의 역할이 뒤바뀐 것 같은 착각이 들었다. 그가 시의 전사처럼 시를 가지고 나를 공격했기 때문이다. 아니, 그는 나를 공격하지 않았고 시도 공격하지 않았고 아무것도 공격하지 않았지만, 나는 공격당했고 점점 뒷걸음질을 치는 상황이었다. 그는 도리어 나를 칭찬하고 나의 시를 칭찬하는데, 그럴수록 나는 내 시를 주장할 수가 없었다.

"시는 눈으로 본 것만 표현하는 제한적인 언어가 아니라고 네가 자주 말했지. 시인은 기호로 이뤄진 삶의 비밀을 해독하는 예언자라고 말이야. 네가 말씀만 제대로 알게 된다면, 네 아이스크림 시가 얼마나 놀라운 내용을 담고 있는지 깨닫게 될 거야."

나는 우걸의 공격에 나가떨어질 판이다. 그가 내 시를 칭찬할수록 나는 점점 궁지에 몰리고, 내 시를 더 잘 아는 쪽이 내가 아니라는 생각이 든다. 내가 이 함정에서 벗어나는 방법은 우걸의 방법으로 대응하는 것이다. 나는 성경의 전사처럼 내 죄를 고백하는 방식으로 그를 막기로 작정한다.

"나는 시를 사랑한 죄밖에 없다."

내 공격의 진의를 파악하려고 우걸의 눈에 빛이 들어온다. 나의 죄는 사람보다 시와 더 소통하려는 데 있었다. 사람들의 언어는 메마르고 뻔해서 지속하기가 쉽지 않았고, 그들도 나의 언어를 알아듣지 못하니 포기할 수밖에 없었다. '작가'를 만나고 내가 얼마나 주변 사람을 힘들게 했는지 알 수 있었다. 우걸은 내 말에 집중한다. '네 아버지는 내 아버지와 함께 있다. 그리고 나는 내 아버지와 함께 있다.' '작가'는 제정신이라고 생각할 수 없는 표현들을 사용했다. '작가'가 했던 수수께끼 같은 말을 형은 나에게서 되풀이해서 듣고 살아야만 했을 것이다. 피곤하고 걱정도 되었을 것이다. 나의 죄는 아버지나 형이나 친구들이 사용하는 말보다 시의 언어를 더 사랑한 것뿐이었다. 우걸아! 너도 사람의 말보다는 말씀을 더 사랑하잖아. 나는 부드럽지만 예리하게 공격의 초점을 놓치지 않는다. 우걸은 가만히 듣고만 있다. 비로소 상황 전환의 기미가 보이기 시작한다.

"나의 죄는 시를 세상보다 사랑한 것이었다."

나는 평범한 세상의 것을 탐하고 싶지 않았다. 알다시피 나는 시를 사랑할 뿐, 세상의 돈이나 권력을 추구하지 않았다. 시의 왕국이 창조한 이미지적인 물질과 영혼으로 충분했다고 생각했다. 하지만 돈 없이는 살 수 없는 세상에 살다 보니, 아버지와 형의 지원이 불가피했다. 수고하지 않으려 했다기보다, 돈보다 더 귀한 것을 좇아 내가 방황했을 뿐이다. 형은 몰라도 아버지는 나를 이해했을 것이다. 우걸이 너도 이해해준 편이었다. 그래서 아버지와 형의 수고와 맞바꾼 돈들로 살아가면서도 지나치게 미안해하거나 지나치게 감사해하지 않았다. 나는 돈이 있으면 쓰고 없어도 쓰고, 그런 나를 위해 아버지와 형은 있어도 쓰지 않고 없으면 더욱 쓰지 않았다. 너도 세상의 것을 탐하지 않기에 현 직장에서 헌신하지 않느냐고 우걸을 넌지시 밀어붙인다. 우걸은 고개를 조금 숙인다.

"나의 죄는 시를 규범보다 사랑한 것이었다."

나는 시를 사랑해서 금기를 탐했다. 신호등이 빨강일 때 길을 가로질러 것도, 학교 담장을 넘은 것도, 술을 마시고 학생들의 작업실에서 잔 것도, 여자 친구를 두고 다른 여자와 밤을 보낸 것도 시를 위해서는 좋은 일이었다. 세상이 금하는 규율을 깨는 것이 시의 왕국의 규율이라고 믿었다. 그래서 욕을 들어도, 뺨을 맞아도, 경찰서에 가서 훈육을 받아도 괜찮았다. 나는 무차별적인 파괴자가 아니라, 사람들을 지배하고 노예화하는 제도와 관습의 파괴자였을 뿐이다. 그래서 고달프고 외로워도 포기할 수 없었다. 시를 위한 헌신이라면 무엇이든지 할 수 있었다. 우걸아, 네가 말씀을 위해 무엇이든지 하는 것과 똑같았다. 우걸은 점점 설득당하여 잠잠한 상태다.

"내 죄는 시를 지키기 위해 다른 것을 지키지 못한 것이다."

나의 소명은 오로지 시를 지키는 것이었다. 지키기 어렵기에 지켜야 하는 것이다. 요즘처럼 돈과 영상이 삶을 지배하는 세상에서 시를 지킨다는 것이 얼마나 어려운 일인지 아느냐. 지킨다는 것은 허용해서는 안 되는 것을 허용하지 않는 것이다. 그래서 나는 시를 지키기로, 시를 세상과 구별하여 시가 세상에 질식당하여 순교하지 않도록 애썼다. 네가 말씀과 세상을 구별하여 말씀이 세상에 눌리거나 말씀이 세상에 질식해서 죽지 않도록 애쓰는 것과 같다. 시를 지키다 보니, 세상의 것들을 지키는 법을 제대로 배우지 못했다. 그래서 지난번 태풍 때 저 땅 위의 곡식들을 내가 지키지 못했다. 태풍이 비닐하우스를 쓰러뜨리고, 고춧대를 쓰러뜨리고, 오이넝쿨을 끌어내릴 때, 지켜보려 했지만 지키지 못했다. 우걸아, 너무 섭섭하게 생각하지 마라.

"그렇지 않아. 너는 태풍 속에서도 형의 들판을 성심껏 돌봐준 거야."

우걸의 진심이 담긴 칭찬은 모멸스러울 정도로 내 자존심의 중심을 가격했다. 계속 칭찬으로 나를 멸시할 수 있는지 보고 싶었다. 나는 그가 나를 멸시하는 진짜 본성을 드러내게 만들고 싶었다. 이건 어떤가. 내가 최수진의 자리를 꿰찬 과정에는 국장도 최수진도 모르는 비밀이 있었다. 흔히 대본을 쓰기에 앞서 트리트먼트 작업을 하게 된다. 이는 완성된 대본이 아니라 드라마의 전체 줄거리를 상세하게 기술하는 작업이다. 등장인물과 대사를 어느 정도 알 수 있는 요약본이다. 대본의 윤곽을 보여주는 스케치라고 할 수 있다. 국장은 최수진으로부터 이 트리트먼트를 받아보고 퇴짜를 놓은 것인데, 최수진이 국장에게 보여준 트리트먼트는 최종본이 아니었다. 4차 수정본만 해도 비교적 정리가 잘 되었지만, 2차 수정본은 뒤죽박죽이어서 읽어도 이해가 잘 안 되는 수준이었다. 최수진은 4차 수정본이 아니라 2차 수정본을 잘못 뽑아서 국장에게 전달했고 그 사실을 끝까지 알지 못했다. 그녀가 잠적하자 내가 국장에게 불려갔고, 국장으로부터 트리트먼트를 돌려받았다. 2차 수정본이 잘못 전달된 것임을 그때 알았다. 최수진의 실수였다. 나는 아무 말도 하지 않았다. 이미 국장이 인정한 나의 새로운 트리트먼트가 대본으로도 상당히 진행되고 있었기 때문이다. 그렇게 상황이 흘러갔다. 인생의 가장 중요한 감독은 '우연'이라 하지 않더냐. 우걸아, 나에게 죄가 있다면 침묵한 죄밖에 없다. ……우걸은 나의 비열했던 행위를 듣고도 별 반응이 없다. 나는 칭찬이 아니라 분노로 우걸이 자신의 한계를 드러내는 모습을 보고 싶었다. 고해성사를 듣는 신부처럼 조용했던 우걸이 간단하게 입을 열었다.

"시나 글 때문에 지은 죄들을 용서받고 싶니?"

두 눈을 뻔히 뜨고 뒤통수를 가격당한 기분이었다. 죄를 용서받기 위해 여태 장황하게 늘어놓은 것이 아니다. 우걸을 공격하기 위해 성경적인 표현을 사용했을 뿐인데, 고지식한 녀석은 고지식해서 나의 공격점을 자신의 공격점으로 제대로 바꾸어놓았다. 내가 회개를 시작했다고 믿고, 혹은 내 공격을 도리어 회개로 몰아가서 진짜 회개를 시킬 작정이다. 시를 사랑해서 지은 모든 죄를 용서받고 싶으냐고? 시를 용서받고 싶으냐는 표현만큼이나 어이없는 일격이었다. 우걸은 나에게 들려주고 싶은 구절이 있다며 벽 쪽으로 향했다. 내가 고개를 가로젓기도 전에 성경 구절을 찾아 읽는다.

　　만일 누가 죄를 범하여도 아버지 앞에서 우리에게 대언자^{代言者}가 있
　　으니 곧 의로우신 예수 그리스도라.

　나는 대꾸조차 할 생각이 없었으나, 그 구절을 듣자마자 단어 하나가 머리에 와서 날카롭게 꽂힌다. 대언자라면 카톨릭의 신부처럼 고해성사를 듣고 죄를 대신 말해주는 사람으로 여기고 있었다. 그런데 우걸은 대언자가 예수라고 말하고 있다.

　"네가 받아들이기만 하면, 예수님은 네 대언자가 되어주실거야. 말만 대신해줄 뿐만 아니라 죄까지 대신 져주시지. 대언자를 믿는다면, 시 때문에 지은 죄들도 당연히 사함을 받을거야."

　모든 죄가 시에서 비롯되었다고 자백한 시인은 우걸의 함정에 더 꼼짝없이 걸려들고 말았다. 시 때문에 지은 죄를 고백했더니, 우걸은 대언자로 나에게 반격했다. 여태 나를 버티게 해주었던 것은 우걸만은 나를 진짜 시인으로 인정한다는 믿음이었다. 우걸이 내 시를 듣고 좋아했기에, 오병이어의 오천 명이 아니라 오만 명도 넘는 사람들의 메

210

마른 영혼을 먹이는 시인이 될 거라고 자부했었다. 어떠한 상황에서도 우걸만은 내 시를 사랑했기에 시는 아름다웠다. 그런데 우걸은 그 시로 인해 내가 지은 죄를 용서받길 원한다. 아, 우걸에게 내 시보다 더 사랑하는 것이 있다는 인정할 수 없는 사실이 처음으로 자각되었다. 우걸의 아내도…… 이런 처참한 기분이었을 것이다. 우걸과 떨어질 수 없는 그녀는 우걸의 중심에 있는 하나님을 향해 다가가겠다고 말했었다. 반대로 나는 우걸에게서 뚝뚝 끊어져 기꺼이 떨어져 나갈 것이다. 우걸에 대한 나의 믿음도 왕관의 빛처럼 오만한 착각이었다. 인간에 대한 마지막 믿음을 놓는 이 순간이야말로 시로 향하는 최고의 빛나는 도약이 될 것이다!

술집에서 신과 한 번쯤 대결해보자고 농을 주고받던 때가 떠올랐다. 신과 대결하기 위해서는 자신의 가장 귀중한 것을 걸어야 한다고 수동 씨가 종용했었다. 그날 취기와 함께 국장은 국장 자리를 걸었고, 수동 씨는 음악 듣기를, 카메라 감독은 카메라를 걸었다. 나는 시를 걸었었다. 나는 시를 가장 사랑한다고 믿었는데 어쩌면 시보다 우걸을 더 사랑했는지도 몰랐다. 인간이기에 포기할 수 없었던 인간에 대한 마지막 집착을 놓고 이제야말로 시의 예루살렘을 세울 수 있게 되었다. 성경 벽에 둘러싸여서도 아무런 변화를 겪지 않은 나야말로 시를 지키는 굳센 파수꾼으로 거듭났다. 나는 시를 지킬 마지막 전사다. 나는 인간의 자존심을 걸고, 시인의 자존심을 걸고, 꿋꿋하게 내 죄의 길을 걸어가리라. 그것이 오로지 죽음을 향한 것이라도 그것조차 달콤하게 승복하리라. 내 죄는 내가 지고 골고다 언덕을 올라 못에 스스로 박혀 죽으리라. 장렬한 시인의 죽음을 맞으리라. 예수의 죽음 후에 그가 남긴 말씀을 우걸이 더없이 사랑하듯이, 내 죽음 후에도 사람들이 내 시들을 즐겨 읽는 영원한 시인이 되리라.

우걸은 내 표정의 변화를 누구보다 잘 아는 친구다. 그는 내 심중에 일어난 변화를 꿰뚫고 있을 것이다. 내 눈을 한동안 깊숙이 바라보던 우걸이 조용히 말했다.

듣기는 들어도 깨닫지 못할 것이요 보기는 보아도 보지 못하리니 하여 이 백성의 마음을 둔하게 하며 그들의 귀가 막히고 그들의 눈이 감기게 하라!

나는 아련한 눈으로 우걸을 쳐다본다. 분명 어디에서 들은 내용이었다. 나는 우걸에게 다시 말해보라고 했다. 우걸은 아주 천천히 되풀이했다. 듣다가 눈알이 튀어나오는 줄 알았다. 그 문구를 어디서 보았는지 기억이 났기 때문이다. 분명히 서울의 술집 출입문에 적힌 당돌한 낙서 내용이었다.

나는 일부러 우걸을 더 험상궂게 쳐다보았다. 어떻게 술집의 출입문에 적혀 있던 낙서를 이 순간에 되풀이하는지 알 수 없었다. 어떤 식으로도 이해받지 못한 한 인간이 세상을 향해 던진 분풀이 글이었다. 사람들을 이해시켜보겠다는 의지를 추호도 남기지 않은 단호함 덕분에 비범해 보이던 글이었다. 우리 두 사람이 다시 결별할, 앞으로 영원히 만나지 못할지도 모르는 이 비장한 순간에 우걸이 선택한 마지막 메시지가 이해가 되지 않았다. 모든 일련의 일이 사전에 계획된 일이었단 말인가. 어떤 음모가 있는 것이 분명했다. 언제 서울까지 올라와서 술집 벽에 그런 글귀를 적었는지 그리고 의도가 무엇인지 몰라 참을 수 없이 마음이 뒤흔들린다. 방송국 사람들과 무슨 당치 않는 계획을 세웠느냐고 분기탱천해서 닦달하듯 물었다. 우걸은 무슨 말을 하는지 모르겠다고 방송국 사람은 알지 못한다고 잘라 말한다.

"낙서가 아니라 하나님의 말씀이야. 선지자 이사야에게 명한 말씀이지. 말씀을 아무리 들려주어도 알아듣지 못하고 아무리 보여주어도 보지 못하는 자들을 위해서 말이지."

일순간 눈앞이 번쩍했다. 이어서 쫙 하는 소리가 내 귀를 때렸다. 무엇인가가 시공간을 찢고 이곳에 도달한 듯 주변이 파르르 떨린다. 저녁쯤 온다던 가을 폭풍우가 막 도착한 것일까. 아무리 선한 길로 인도하려 해도 깨닫지 못하는 우둔한 백성에게 하나님이 화가 나서 하신 말씀이라고 우걸은 조용히 덧붙인다. 당신의 말을 듣지 않는 백성에게 안타까움을 넘어 미워졌다는 속내를 드러내신 것이라 했다. 우걸이 자신의 속상함을 표현하기 위해 선택한 구절을 통해 하나님의 속상한 느낌이 전해져 오는 것이 이상하다.

엄청난 에너지가 한방에 쏟아지더니, 방류된 전기가 사방천지로 새파랗게 뻗쳐 나간다. 새파란 번개가 눈을 통과하며 한 번 더 시야를 가른다. 하늘에서 내려온 벼락이 귓속까지 곧바로 따라붙는다. 그 빛과 함께 우걸이 말한 성경 구절이 나를 관통했음을 깨달았다. 말씀을 숱하게 들어도 듣지 못하고 숱하게 보아도 보지 못하는 백성을 나는 알고 있다. 여기, 증인이 있다. 그것은 나다!

순간, 우걸이 중대한 결심을 했음을 깨달았다. 내 십자가는 내가 지고 골고다 언덕을 오르겠다고 마음먹었던 그 순간에, 그는 실패한 소명의 결과로 내 눈을 봉하고 내 귀를 막아버리려고 마음을 먹은 것이다. 하나님에게로 돌아가지 않으리라는 나의 단호한 결심을 감지한 후, 드디어 그는 나를 포기하려고 마음먹은 것이다. 하지만 우걸은 잘못 이해했다. 그가 아직 깨닫지 못한 사실이 있다. 우둔한 백성의 눈을 봉하고 귀를 막겠다던 하나님의 말씀을 곧이곧대로 믿으면 안 된다는 사실이다. 나는 왜 하나님이 그렇게 말했는지 이해하고도 남았다. 생전에 아버지는 속상할 때마다 "이렇게 속 썩이면 다시는 너를 안 볼 테다"라고 말했지만, 나를 항상 기다린 것은 아버지였다. 항상 순종적이던 우걸은 부모와 자식 사이의 반어적 표현이 무엇인지 알지 못한다. 하나님이 이사야에게 그런 명령을 내렸다면 그것은 더 열심히 전도하라는 뜻이었을 것이다. 정말 백성들을 귀가 막히고 눈이 봉해진 상태로 두려했다면 이사야를 보낼 필요가 없었다. 이사야가 반어법을 이해했다면 그는 더 열심히 복음을 전했을 것이다. 우걸이 반어법을 이해했다면 나를 포기하지 않고 계속 전도할 것이다. 그런데 그는 나를 포기하려고 하고 있다.

고지식한 녀석은 그 문구가 반어법인 줄 모르고 문자 그대로 나를 포기하려고 한다. 두 사람 사이의 마지막 내기는 은유의 함축에 관한 것이었다. 우걸이 이 구절의 함축적 크기를 알았다면 나를 이기고도 남았을 것이다. 반어법은 반대로 해석해야 하니, 이 구절은 끝까지 백성의 귀와 눈을 열어 듣고 볼 수 있게 하라는 하나님의 진지한 명령이었다. 오병이어처럼 오천 명이 아니라 땅끝의 모든 고집불통들까지 구원하라는 메시지였다. 내가 알고 있는 사실을 우걸에게 설명해줄 수는 없었다. 하나님이 내린 명령은 우걸이 나를 포기하라는 뜻이 결코 아니었다. 그 생각에 도달하자 마음속에서 눈물이 터졌다. 나는 우걸에게는 이기고 하나님에게는 졌다는 생각이 들었다.

내일 아침 시외버스터미널에서 배웅하고 싶으나 출근 때문에 그러지 못한다고 우걸은 말을 마무리했다. 짧은 순간 두 시선이 엉켰다. 우리 두 사람은 급하게 각자의 눈길을 빼내었다. 묵묵히 앉아 있었다. 우걸은 간단히 일어서더니 방문을 열어젖힌다. 밤하늘에는 등뼈처럼 푸른 번개가 갈라지고 있다. 차가운 바람이 방 안으로 몰려온다. 우걸은 빠른 걸음으로 나갔고 나는 따라 나가지 않았다. 우걸이 막 찢어놓은 내 눈은 방 안에 앉아서도 옥상의 슬레이트 지붕이 날아가는 모습을 보았다. 미처 날아가지 못한 슬레이트 지붕의 조각이 바닥에서 덜컹거리는 소리도 들렸다. 아버지는 내가 오면 언제든지 이 집에 머물게 해주라고 하셨는데…… 지붕이 있는 한. 마루 옆 토분에도 빗방울이 날아들고 있었다. 매번 우걸이 세심하게 들여다보던 것이 무엇인지 보였다. 수렁 같은 어둠을 뚫고 아직도 잠긴 가지 속에서 씩씩하게 솟아 올라오고 있는 것은, 아주 작고 새파란 생명이었다.

우걸은 내가 말하지 않아도 나를 아는 친구다. 하지만 아직 모르는 것도 있다. 그는 내 귀를 막고 내 눈을 봉하겠다는 문장으로 내 귀와 내 눈을 열어놓고, 뒤도 한 번 돌아보지 않고 홀연히 떠나갔다. ■

한 사람을 구원하려면
얼마나 많은 단어가 필요할까?

외모가 워낙 아름다워서 발바닥부터 정수리까지 칭찬받는 압살롬이라는 왕자가 있었다. 특히 머리칼은 매년 잘라도 그 길이나 풍성함이 엄청나서 모두 마음을 빼앗기곤 했다. 압살롬은 자신의 외모와 모략으로 백성들의 마음을 훔치면서 아버지를 이기고 스스로 왕이 되고자 군대를 일으켰다. 압살롬은 전쟁터에서도 치렁치렁한 머리가 잘 보일 수 있도록 투구도 쓰지 않고 돌아다녔다. 그런데 전세가 점점 불리해져 도망을 치던 중에 그의 머리털이 상수리 나뭇가지에 걸린 상태에서 탔던 노새가 달아나는 바람에, 나무에 대롱대롱 매달리고 말았다. 멋진 머리털이 아까워서 칼로 단번에 잘라버리지 못한 사이에, 부왕의 부하들이 도착해서 결국 그를 처참하게 죽이고 만다. 그의 아버지가 다윗이었다.

압살롬처럼 자신의 가장 자랑스러운 것이 자신을 망칠 때가 가끔 있다. 필자에게 그나마 자신 있는 것은 책이었다. 어릴 때는 집의 서가에 나를 버려두었다 할 만큼 책들 속에 파묻혀 지냈고, 커서는 상상의 시공간을 넘나들면서 책을 쓰는 소설가가 되었고, 감사하게도 학생들에게 책을 가르치는 일을 직업으로 얻었다. 나에게 책은 압살롬의 머리털 같은 것이었다.

그 오만을 여지없이 깨뜨린 책 한 권이 있었다.

읽어도 이해되지 않는 책이 나를 평생 따라다녔다. 서사, 리듬, 교훈, 은유, 비유 등 나름 단련된 독서력으로도 이해하지 못했고, 영어본이나 프랑스어본을 시도해도 마찬가지였다. 그런데 초등학교만 나온 초로의 촌부가 그 책을 너무나 달콤하게 읽으며 즐거워하는 모습 앞에서 기가 막혔다. 세상에 이런 책이 있다는 사실 자체가 내 몸 안에 놀라움의 씨앗으로 심겨, 오랜 세월 꿈틀꿈틀 자라나면서 내 안을 긁어대고 흔들고 발길질까지 해대니 자존심 때문에라도 포기할 수가 없었다. 그 책을 제대로 읽는 것이 일생일대의 소망이 되었다.

그러던 어느 날, 테이블에 마주 앉아 커피를 마시며 행복해하는 사람들의 모습을 산책로에서 보다가, 유리를 통해 훤히 보여도 문을 찾아 안으로 들어가지 않으면 대화를 들을 수 없다는 것을 깨닫게 되었다. 닫힌 문은 누군가 안에서 열어주거나 열쇠가 있어야 열린다는 사실도 알게 되었다. 그 문은, 가장 자랑스러워하는 머리털을 잘라내야 목숨을 구할 수 있었음을, 세상으로 나가 이기는 것이 아니라 도리어 죄인임을 깨닫고 세상에서 아버지에게로 돌아가야 함을 깨닫는 순간에, 열렸다.

이 소설《손의 왕관》은 1866년 미국 상선 제너럴셔먼호와 함께 그 책이 우리나라에 등장하는 시점에서 시작된다. 그 책이 그 이전이나 그 이후에 전 세계뿐만 아니라 우리나라 사람들을 어떻게 감동시켰는지를 보는 것은 놀라움이었다. 나의 딜레마는 가장 아름다운 인간의 언어를 찾아가는 과정에서 신의 언어와 맞닥뜨리며 시작됐다. 창조와 창작! 신의 언어와 인간의 언어가 치열하게 싸우는 이야기를 소설 속에서 불가피하게 펼쳐놓게 된 것도 이 때문이다. 직업의 특성상 인간의 언어에 애착을 가질 수밖에 없었던 작가가 신의 언어 앞에서 얼마나 헤매었나를 볼 수 있을 것이다. 오랜 세월 글을 쓰고 글을 가르치면서, 한 사람을 구원하기 위해 얼마나 많은 단어가 필요할까를 생각했다. 그런데 수천 년 동안 시대와 가치 판단이 아무리 변해도, 그 책은 한정된 언어로 그토록 수많은 사람을 구원했으니 어찌 저항할 수 있었으랴. 나는 예술과 인문학이 인간을 구원할 수 있는 마지막 보루라고 믿어온 사람이었으니, 새로 만난 신의 언어 앞에서 삶에 대한 전면적인 수정이 일어날 수밖에 없었다. 세상에서 가장 아름다운 책을 만나 그 가치와 비밀을 접할 수 있게 된 것이 내 삶의 가장 큰 은혜로 느껴진다.

《손의 왕관》, 이 소설을 쓴 것은 주변의 지인들이 대부분 책을 많이 읽는 지성인들이기 때문이며, 그들이 나처럼 언젠가 그 책을 만나게 될 때를 위해서이다. 인간의 언어 속에서만 살다가 신의 언어를 접하는 지점에서 나처럼 지나치게 헤매지 않기를 바라는 마음에서이다. 나의 작은 손으로 그 책의 비밀을 설명하는 것은 역부족이지만 책에 접근할 때 일어나는 수많은 질문과 의심은 줄여줄 수 있을 것이다. 헤매는 과정 자체도 새로운 독법의 과정이라고 말해주고 싶었다. 이미 믿음을 가진 사람을 위해서라기보다, 아름다운 언어를 뜻밖에 만나 믿음을 체험할 사람들을 위한 것이다. 그리고 창작의 DNA가 어디에서 연유했는지를 깨닫게 되면, 주변의 작가들과 예술가들이 더 많은 영감과 지혜를 가지고 작업을 할 수도 있을 것이다.

마지막으로, 이 책이 세상에 나올 수 있게 허락해주신 하나님께 감사드린다. 이 책이 나오기까지 나를 영적으로 이끌어주신 여러 분들과 책을 만들어주신 은행나무출판사 대표님과 이사님께도 감사를 드린다. 더구나 하나님을 사랑하는 편집자와 디자이너와 같이 작업할 수 있어서 기뻤다. 가족과 친구들에게도 감사드린다. 인간의 손으로 쓴 글이 사람을 감동시키면 큰 기쁨이지만, 신의 손으로 쓴 글이 사람들을 감동시키는 것에 어찌 비할 수 있을까!

2020년 1월
김다은

손의 왕관

1판 1쇄 발행 2020년 2월 21일
1판 2쇄 발행 2023년 8월 11일

지은이 · 김다은
펴낸이 · 주연선

총괄이사 · 이진희
책임편집 · 박연빈
본문 디자인 · 김지수
책임마케팅 · 강원모
마케팅 · 장병수 김진겸 이한솔 이선행
관리 · 김두만 유효정 박초희

(주)은행나무
04035 서울특별시 마포구 양화로11길 54
전화 · 02)3143-0651~3 │ 팩스 · 02)3143-0654
신고번호 · 제 1997-000168호(1997. 12. 12)
www.ehbook.co.kr
ehbook@ehbook.co.kr

ISBN 979-11-90492-27-0 (03810)